O BRASIL NÃO EXISTE!

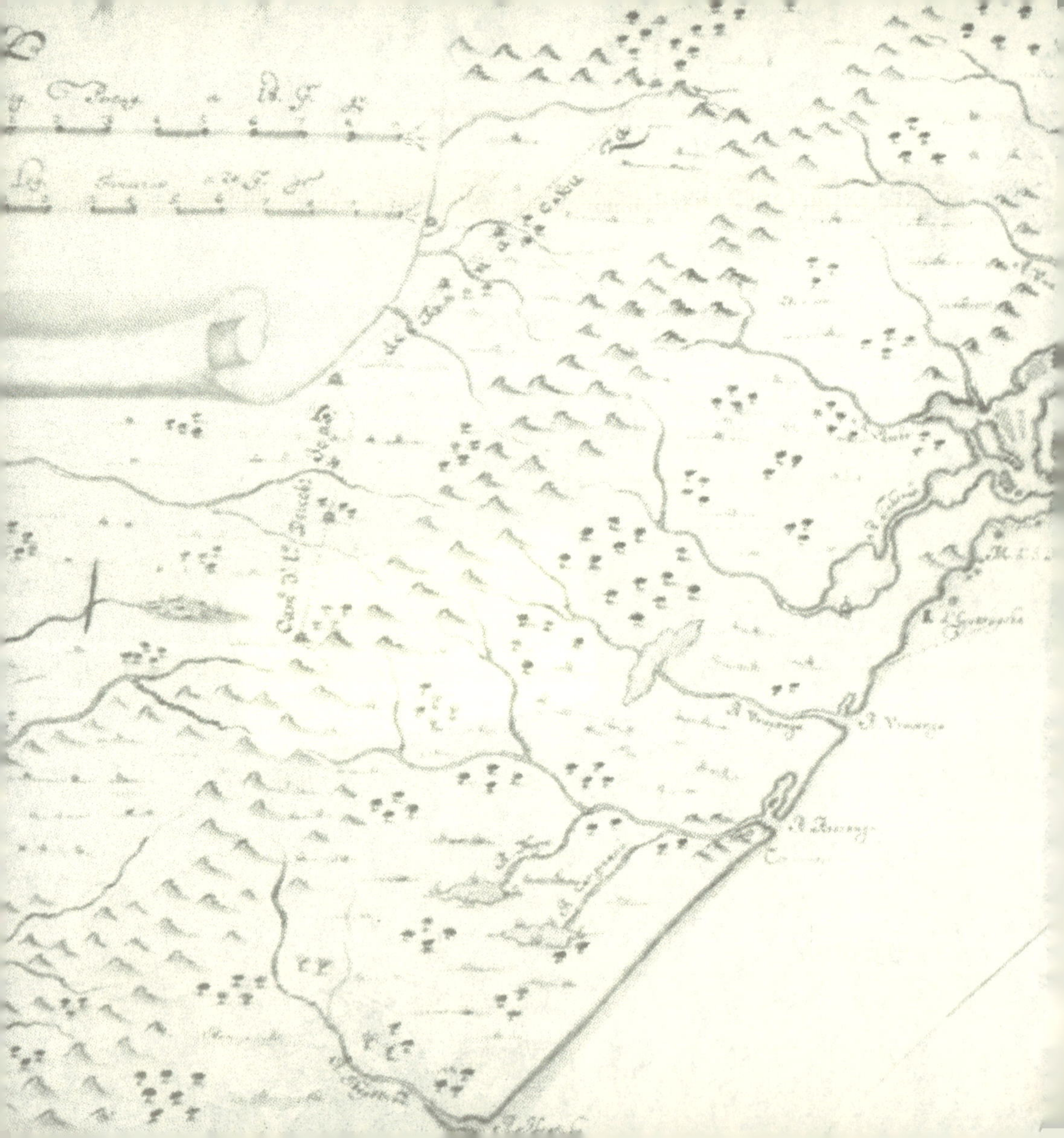

O BRASIL NÃO EXISTE!
FICÇÕES E CANÇÕES

Amilcar Bettega
Cecilia Giannetti
Gero Camilo
Guilherme Wisnik
José Roberto Torero
Laerte
Siba
Vadim Nikitin

{CD de André Mehmari}

PubliFolha

© 2010 Publifolha – Divisão de Publicações da Empresa Folha da Manhã S.A.

Todos os direitos reservados. Nenhuma parte desta publicação pode ser reproduzida, arquivada ou transmitida de nenhuma forma ou por nenhum meio sem a permissão expressa e por escrito da Publifolha - Divisão de Publicações da Empresa Folha da Manhã S.A.

EDIÇÃO Arthur Nestrovski
ASSISTÊNCIA EDITORIAL Rodrigo Villela e Nina Bandeira
COORDENAÇÃO DE PRODUÇÃO GRÁFICA Soraia Pauli Scarpa
CAPA E PROJETO GRÁFICO Mayumi Okuyama
REVISÃO Luicy Caetano e Luciana Lima

O CD *O Brasil Não Existe!* é parte integrante deste livro e não pode ser vendido separadamente.

Dados Internacionais de Catalogação na Publicação (CIP)
(Câmara Brasileira do Livro, SP, Brasil)

O Brasil não existe! : ficções e canções. – São Paulo : Publifolha, 2010.

Vários autores.
Inclui CD.
ISBN 978-85-7914-136-2

1. Canções 2. Ficção brasileira.

09-11854   CDD-869.93

Índices para catálogo sistemático:
1. Literatura brasileira   869.9

A grafia deste livro segue as regras do
Novo Acordo Ortográfico da Língua Portuguesa.

PUBLIFOLHA
Divisão de Publicações do Grupo Folha
Al. Barão de Limeira, 401, 6º andar
São Paulo, SP, CEP 01202-900
Tel.: (11) 3224-2186/2187/2197
www.publifolha.com.br

SUMÁRIO

O GRANDE INQUISIDOR [Vadim Nikitin]   7

GANHA OU PERDE [Cecilia Giannetti]   21

TRISTEZAS DE RAIMUNDO [Gero Camilo]   39

AQUARELA DO BRASIL [José Roberto Torero]   65

PÁSSARO PRETO [Siba]   111

LATINOAMÉRICA: NOTAS DE VIAGEM [Guilherme Wisnik]   125

MEMORIAL DESCRITIVO [Amilcar Bettega]   147

O SAMBA DA MINHA TERRA [Laerte]   173

ALEGRIA, ALEGRIA

O GRANDE INQUISIDOR
[Vadim Nikitin]

Cena a partir do capítulo homônimo do romance Os Irmãos Karamázov, *de Fiódor Dostoiévski*

Percebi o Rio e seu grande Cristo à chegada, como vi certa vez num livro amarelecido. Essa imagem quase esquecida veio à tona quando R. indicou-me a direção do Grande Redentor. Várias vezes assaltaram-me as palavras de Dostoiévski, pronunciadas pelo Grande Inquisidor dentro da prisão que encerrava o Cristo, e não consegui fazê-las calar: vai e não volta nunca mais! Sim, isso foi depois daquele beijo de amor, o mais enigmático dos Evangelhos, dado por Jesus ao Grande Inquisidor, após ficar sabendo por este de sua condenação à morte. Por causa dessa imagem vinda do texto de Dostoiévski, pareceu-me natural que o Cristo esperasse às portas da cidade numa colina, observando o panorama das comédias e tragédias. Compreendi que a luz com que outrora o via graças à engenhosidade de Marconi deve hoje vir de outra parte, para não confundir-se com a iluminação banal dos acontecimentos que se desenrolam a seus pés.

Evgen Bavcar, *O Brasil no Despertar do Mundo*, tradução de Paulo Neves

Depois de séculos e séculos de sonho, eis que Jesus Cristo volta à terra e caminha doce e moreno entre os habitantes de uma cidade qualquer da América do Sul. O silêncio do Salvador, ao mesmo tempo leve e profundo, cala a multidão. Sem o menor alarde, como se aquele claro instante fosse consequência natural de um crepúsculo de dezembro, todos o reconhecem imediatamente e se prostram aos seus pés, enchendo de lágrimas e flores o miserável adro da igreja. Nos últimos anos, porém, essa cidade revelou-se o baluarte de uma Grande Inquisição, cujo papa é o Grande Inquisidor. Agora, aliás, é ele com os seus batedores que avança em meio ao povo. Trata-se de um velho alto, ereto e seco, a figura devastada pela vida eclesiástica. Crava os olhos cavos e faiscantes nos olhos aguados e plácidos de Jesus redivivo — e com um grito ordena que os guardas o prendam.

A noite desce abafada sobre as casas. No vento quente, um misto de cheiros: louro, limão, peixe, fumaça. A arrebentação é tão forte que não se ouvem as badaladas dos sinos. Uma tempestade parece prestes a desabar, mas nunca desaba.

A peça se passa na cela estreita do presídio de segurança máxima onde Jesus está preso. O Grande Inquisidor abre a porta da cela e estaca no umbral. Com um facho na mão, a única luz do espaço, contempla pausadamente a sagrada face. A porta se fecha sozinha atrás dele. Por fim, começa a falar. Jesus permanece em absoluto silêncio, enquanto os sons do mar podem pontuar a curva da ação.

O espaço e o tempo: aqui e agora. A cela: a própria sala em que se dá a peça. O Cristo: um ator ou um espectador tomado ao acaso. Em torno desse Cristo, e da contracenação direta entre o Grande Inquisidor e o povo-plateia, constela-se toda a cena.

— É você? (*Pausa. Acerca-se do Cristo.*) É você mesmo? (*Pausa. Cordial.*) Fala. Pode falar… (*Pausa. Enérgico.*) Fala! (*De novo cordial. Olhos nos olhos do Cristo, à distância.*) Quanto tempo, hem? Como é que você se chama? Aliás — como é que te chamam? Lembra? Naquele tempo, você dizia… (*Sem ironia.*) Como era mesmo que você dizia? A tua voz era tão bonita… (*Pausa. Com um gesto largo, refere-se ao restante da plateia.*) "Eu quero fazer com que vocês sejam livres." (*Volta o foco para o Cristo.*) Não era isso? (*Apontando a plateia.*) De fato, eles agora se acham mais livres do que nunca. (*Para si.*) Isso me custou caro. E sabe por quê? Você pensa que sabe tudo… (*Chega bem perto do Cristo e posta-se atrás do seu assento. Confissão brutal.*) Porque fui eu. Fui eu que terminei a tua obra. (*Ao ouvido.*) Eu. (*Vai retornando ao centro da cena.*) Todo esse tempo eu passei construindo, pedra por pedra, a liberdade dos homens. (*Pausa.*) Não adianta me olhar assim não, com esse olho de cordeiro — eu sei que isso te ofende. E sabe onde é que os homens depositaram essa liberdade? (*Abre sutilmente os braços, sem olhar para o chão.*) Aqui (*pausa*), aos meus pés. Eu confisquei a liberdade dos homens pra que os homens pudessem ser livres. Só isso. (*Aproxima-se do Cristo por trás, como antes, e contempla orgulhoso a plateia.*) Essa é a minha grande obra. (*Toca o cocuruto do Cristo.*) Tem a tua assinatura — mas é minha.

— Não, não responda. (*Cortante, cara a cara com o Cristo.*) Cala a boca. (*Veemente, como se o Cristo tivesse feito menção de falar.*) Cala a boca! (*Quase rindo.*) Você já falou demais. Eu conheço de longe as tuas parábolas. Você não tem o direito de pronunciar nem mais uma palavra além do que já foi dito e redito. (*Num suspiro.*) Ah, meu Deus, por que você foi voltar logo agora? (*Pausa.*) Pra sabotar o meu trabalho?

— Lembra? (*Tira delicadamente do bolso um grande pão francês amanhecido.*) Está vendo essa pedra no meio do deserto? (*Oferece-o ao Cristo.*) Transforma essa pedra em pão. Você pode! (*Deixa o pão cair no chão.*) Vai! Transforma essa pedra em pão e o mundo inteiro vai te seguir feito um rebanho de bestas mansas e principalmente isso: felizes. Vai! (*Pausa.*) Não é mágica — é milagre. (*Como se o Cristo fosse de fato operar um milagre. Diante da expectativa constrangedora da plateia.*) Só que você vai dizer, com essa voz que Deus te deu: "Nem só de pão vive o homem. O que vale, na verdade, é o pão do céu." (*Pausa.*) Muita gente te seguiu por causa dessa tua padaria celeste. Mas imagina: e os que não tiveram coragem de esperar pelo pão do céu? (*Refere-se a um outro espectador ou a uma ala da plateia.*) São os fracos. Te amam enlouquecidamente — mas são os fracos. Mortos de fome. Fome... Que sentimento mais baixo... Fazem qualquer coisa por uma migalha de pão da terra (*aponta o pão-pedra caído no chão*), inclusive te crucificar. Os fracos. (*Vai-se aproximando do Cristo, até ficar cara a cara com ele.*) Então quer dizer que você só elege os fortes, e os fracos que se danem? Então quer dizer que o teu amor infinito é mentira? Logo você, que diz que deu a vida pela humanidade inteira! A humanidade inteira é isso (*novo gesto largo em relação à plateia*) —, o povo gosta é de fogueira debaixo da lua. Fala! (*Pausa longa. Glorioso.*) Mas eu não. Eu amo os fracos também. (*Sôfrego.*) Ah, se você tivesse assumido o milagre das pedras, teria resolvido o maior tormento dos homens: diante de quem se inclinar? (*Bate cabeça aos pés do Cristo.*) "Que venha a escravidão, contanto que me deem o pão de cada dia." O homem que fica livre não pensa em outra coisa. "E agora, diante de quem eu me inclino? Que mão eu beijo (*quase libidinoso*), que pé eu lambo?"

— Sabe qual é o meu milagre? (*Levanta-se e passeia por entre os espectadores.*) Os homens sabem que sou eu que tiro deles o pão que eles ganham com o suor do próprio rosto, sabem que eu não transformo pedra nenhuma em pão. (*Pausa.*) Mas gozam quando recebem esse pão. Porque antes, esse pão, fruta do trabalho deles, nas mãos deles se transformava em pedra. (*Vai até o pão-pedra jogado no chão e pisoteia-o. Para toda a plateia.*) Eles não sabem repartir nada. São uns revoltosos. (*Massageia o peito de alguém da plateia.*) E por acaso um revoltoso pode ser feliz? O meu milagre não é transformar pedra em pão — é não deixar que eles transformem o pão em pedra. O pão que eu dou a essa gente é a última pedra da Babel. (*Para o Cristo.*) Tudo em teu nome, tudo em teu nome, como se eu fosse também um escravo teu. Só isso. (*Ri.*) Eles acreditam… (*Cabisbaixo, tristíssimo.*) E pra os homens (*pausa*) eu sou um deus.

— Não, não é só isso. (*Apanha uma garrafa no canto da sala e enche uma taça de vinho.*) O homem rasteja diante daquele que lhe dá pão (*vira um grande gole*) — ah, como é suculento o teu sangue! Mas larga ali mesmo o pão pra seguir aquele que lhe dá paz de consciência. (*Faz a taça rodar entre os espectadores.*) A paz de consciência! Os homens preferem matar ou morrer a ter que distinguir entre bem e mal. Não há nada mais pânico pra eles do que essa coisa ridícula: decidir, por conta própria, o que fazer. (*Para o Cristo*.) O que você chama de coração livre — pra eles é angústia. A verdade é uma mulher, e uma mulher gosta mesmo é de pau e pedra. Não, a verdade não pode estar com quem lhes dá tanta angústia. (*Num arroubo*.) E eles te odeiam por causa dessa angústia! (*Pausa*.) Eles querem mandamentos, leis, decretos, milagres — qualquer coisa que venha de cima —, e não essas tuas parábolas. Eles querem um advogado. Sabe o que é um advogado? (*Arranca a taça das mãos da plateia*.) Uma consciência de aluguel. O teu reino era uma ruína. Fui eu que salvei o teu reino. (*Mata o último gole*.)

— Me diga: eu não tenho razão? Por acaso amar a humanidade não é entender a fraqueza dos homens e deixar que cometam os seus crimes, os seus pecadilhos, as suas traições, desde que com o meu consentimento? Eles planejam uma revolução. E daí? Crianças. Crianças que matam o professor, encharcam a terra de sangue, mas não sustentam a travessura que fizeram. (*Ri, com lágrimas nos olhos*.) Crianças!

Crianças que bebem conhaque. Canastrões. De repente descobrem que fui eu que lhes dei o conhaque e o revólver, eu!, e que fazendo isso eu só queria brincar com eles. Então começam a blasfemar. Canastrões! E eu os abençoo. E lhes dou mais conhaque, mais balas e mais perdão. E tudo em teu nome. (*Golpeia subitamente a própria cabeça, em prantos.*) Você, que amava o homem mais do que a ti mesmo! Se você tivesse exigido um pouco menos do amor do homem, talvez ele fosse mais homem. A besta chegou aqui se arrastando, o rabo entre as pernas, e lavou os meus pés com lágrimas de sangue. Eu montei na besta e ergui a taça (*apanha a taça vazia*), e na taça estava escrita a palavra "Mistério". Milagre, mistério e autoridade. (*Quebra a taça no chão.*) Foi assim que eu corrigi a tua obra. Que é minha. (*Acalma-se. Em êxtase.*) Você só ama os teus eleitos, meu filho. Na hora da tempestade, os teus eleitos só salvam a si mesmos, enquanto eu, eu quero salvar o mundo inteiro, em pleno dilúvio. Eu amo a todos os homens, sem exceção, e todos, na minha mão, todos eles vão ser felizes. Na minha mão, todos os homens vão ser felizes de novo, porque agora são um rebanho livre — livre do dom de ser livre.

— Por que você me olha assim? (*Pausa.*) Por que você não diz nada? (*Pausa.*) Me cospe na cara! (*Aproxima o rosto do Cristo e fecha os olhos.*) Vai, me cospe na cara. (*Num sussurro.*) Por que você não me estrangula de uma vez por todas e assume o comando? (*Pausa longa. Aos berros.*) Então por que é que você veio estragar a minha obra? Eu não quero o teu amor, porque eu não te amo, eu não te amo, eu não te amo, e esse teu cheiro podre de ressuscitado me enoja. Você ainda tem terra na boca. (*Pausa.*) Quer saber o meu segredo? Você já sabe, mas esse teu silêncio quer que eu confesse. (*Pausa.*) Não estou contigo — estou com ele. Ele te revelou a máquina do mundo — e você recusou. Que nobreza mais cínica… Eu, eu aceitei sim a espada de César. A espada de César está aqui (*mostra-lhe as palmas das mãos*), e ela é mais leve que o teu coração de anjo. O homem é um deus? Me diga: o homem é um deus? Deus contra deus? Guerra santa? (*Gargalhada triunfal.*) O homem precisa é da concórdia de formigueiro.

—Você aí, pregado nessa cruz, e a multidão gritando: "Se você é mesmo o Filho de Deus, então desce da cruz!" Desce! (*A cruz é o silêncio e a dança da imobilidade em que permanece imerso o Cristo. Ordem desesperada.*) Vai! Desce dessa cruz! (*Pausa.*) Mas você não desce. Por quê? Responde! Por quê? Porque você não quer milagres, você quer Deus. Só Deus. Você quer a fé livre, tavárich, a alma em branco, e não a fé na maravilha, cheia de fogos de artifício. Acontece que os homens não são deuses como você. (*Entre dentes.*) Você saiu de dentro de uma virgem, seu filho da puta.

— Eu também fui teu discípulo, também vivi de gafanhotos e raízes no deserto. Eu ia ser um dos teus eleitos. Lembra? (*Levanta os braços, a sugerir vagamente uma crucificação.*) Lembra de mim? Mas de repente eu vi a loucura que eu estava fazendo. Então eu me afastei dos orgulhosos e fui me dedicar aos humildes. Não aos profetas, mas aos homens comuns, aos medíocres, aos funcionários públicos da existência universal. Porque deles será o reino dos céus. (*Pausa.*) Eles acreditam nisso! Vão morrer tranquilos, e no outro mundo não vão encontrar céu nenhum. Mas pelo menos vão ter deixado todos os pecados aqui (*olhos nos olhos com a plateia*), em mim. Todos os homens são felizes —

menos eu. (*Em desafio ao Cristo.*) Porque só eu conheço o bem e o mal. (*Referindo-se à plateia.*) Eles não. Eles não conhecem nada. Eles são assim, leves, porque fui eu que os aliviei.

— E agora você volta pra quê, meu Deus, pra quê? Pra avacalhar a minha obra? Pra fazer com que os homens sofram tudo de novo? Não! (*Pronunciamento nacional.*) Amanhã, dia (*cita a data do dia, por extenso*), a um sinal meu, você vai ver essa mesma gente, que agora há pouco te beijava os pés, alimentando a tua fogueira. (*Pausa.*) Se alguém merece mais que todos a fogueira — esse alguém é você.

O Grande Inquisidor e o Cristo permanecem congelados um momento. O jogo dos olhos nos olhos entre ambos chega ao ápice. O silêncio pesa. Como que sobre as águas, o Cristo caminha em direção ao Grande Inquisidor e lhe dá um beijo na boca. Com os lábios trêmulos e o olhar perdido, o Grande Inquisidor cambaleia até a porta da cela e a escancara às trevas da cidade. Os sons do mar recrudescem.

—Vai, vai embora. Suma daqui! (*O Cristo não se move. O Grande Inquisidor é incisivo.*) Vai embora e não volte nunca mais. Nunca mais, está ouvindo? (*O Cristo sai pela porta, que continua aberta enquanto a luz baixa em resistência.*) Nunca mais.

★ AGRADECIMENTOS ★ ★ ★

a Luis Miranda, Zé Celso Martinez Corrêa, Luciano Chirolli e Ary França, que já encarnaram o Grande Inquisidor; a Zé Miguel Wisnik, que já reencarnou o Cristo, cujo silêncio era retocado ao piano; a Guilherme Wisnik, parceiro e parteiro deste texto, cuja leitura da obra de Caetano Veloso deu coragem de pegar uma ponte aérea até São Petersburgo e outros santos; a Cacá Machado, [FALTAM PALAVRAS]; a Arthur Nestrovski [FALTAM PALAVRAS]; a Jussara Silveira [FALTAM PALAVRAS]; a Patrícia Ermel, musa dostoievskiana; a Julia Duarte, [FALTAM PALAVRAS].

★ ★ ★ ★ ★ ★ ★ ★ ★ ★   Esta peça é dedicada à memória de Zé Antônio Garcia.

ODEON

GANHA OU PERDE
[Cecilia Giannetti]

Clonazepan: meu dia rico, de recuo a lugares impossíveis. Por trás do vidro fumê adivinho o que eles lá de fora veem cá dentro. É nada atrás de nada. Desse jeito não vai. Um calhamaço pra ler. O sujeito, esse americano, diz as coisas de maneira tortuosa e repetitiva, fala de uma realidade enjoada que conheço bem: eternamente a roer rapadura com os dentes que restam.

Mal vejo o que vai lá fora, esse vidro escuro. Enquanto procuro mastigar o brasilianista, o jogo do Brasil tortura quem quer sossego. Devem estar todos de verde e amarelo na rua. Ouço as cornetas, tem até um berrante. Torcedores, uma cidade inteira, o país gritando e soprando ruídos estridentes, soltando fogos, urros. Não é o que me distrai. A distração que arranjei, fora o jogo, me reduz as horas de trabalho e atrapalha as letras a minha frente. Apego-me a essa distração hoje, o brasilianista me põe pra dormir. Ou é o remédio, nome genérico do sonho. Comprimidos de 2 mg, gotas de 2,5 mg/mL. A tampa possui lacre inviolável. Que abro e sonho. Meu recuo até a praça. Um terço da manhã pensando na minha cidade vazia nesta época do ano. Meio de lugar nenhum, lá que fica. Como é que deve estar o céu a mais de dois mil quilômetros de distância daqui? A mesma doceira na praça à noite? Senhora miúda, apesar dos bolos que faz e vende. Talvez ela mesma nunca tenha comido um só, seca. Brigadeiros, cajuzinhos, olhos-de-sogra, tortas de banana, ameixa, jabuticaba. Vendia o cento de doces para festas de crianças. Para casamentos, os cristalizados. As encomendas eram transportadas de uma rua à outra pelos netos da doceira, dois meninos de 14 e 17 anos. De vez em quando tropeçavam nos próprios chinelos, fazendo os noivos no topo de um bolo ameaçarem duplo suicídio camadas de glacê abaixo.

Óxido de ferro amarelo. Óxido de ferro vermelho. Beijo nas minhas pálpebras. Café. Uma coca-cola zero à esquerda. Clonazepan gotas apresenta odor de pêssego. Gosto amargoso. Se instituíssem aqui a Lei Seca e cortassem o fornecimento de antidepressivos e ansiolíticos, não tinha coragem de olhar. A seco, esse Brasil não desce pela goela.

    Na praça a doceira engordando as mães da meninada, botequins estufando a barriga dos pais. Os mais novos gastando as solas dos sapatos melhores que tivessem, rodando e rodando aquela roda onde nada acontece, em volta da igreja que, a essa altura, já ganhou umas mãos de tinta para ajeitar a aparência acanhada. As rachaduras devem permanecer, rugas de fé no concreto centenário, bem como os velhos sentados nos bancos de cimento. Às vezes levavam seus instrumentos, cavaquinho, violão, pandeirola, uma roda de choro pra não passarem a noite em branco. Nunca se faz nada por aquele lugar. Aqui é tudo espelhado. Prefiro trabalhar no escritório do amigo. Em casa não concentro. Aqui também é difícil. Aqui nada se vê de fora para dentro, pouco se vê de cá lá fora. Na minha cidade todos se viam todos os dias.

    — Fabiano, vai onde todo bonito?

    E me deu um beijo na cabeça. Meus cabelos estavam secos ou molhados? Repartidos para o lado. Algum creme, goma, gel pra amansar os fios encaracolados que me fugiam ao controle. Senti nojo da minha cabeça, pensei nos lábios dela, se tinham sentido o gosto e a textura dos fios empapados por aquela porcaria barata, a embalagem azul e branca que eu guardava no armário do banheiro. Que me dava caspa. Aquilo de beijo era muito diferente. Nunca tinha tido beijo dela, nem no rosto, nunca nem um nada. Só um puxão no braço uma vez, quando a gente subia o morro. Ela tinha me puxado pra me desviar de um monte de bosta de cavalo.

Meu amigo sempre teve casa em São Paulo. Mas nunca está aqui. Paga por uma sala que mal usa, me empresta. Viaja. Atrás de dinheiro. A sala é pra reuniões. As viagens são pra caçar a grana de verdade. Investimentos. Patrocínios. Boa aparência. Eu não entendo de números, mal sei contar meus centavos. Tive sorte de entender as letras, ou não tinha trabalho. Ele, que ganha dinheiro de verdade, não se incomoda comigo aqui usando a sala pela qual paga. Não faz diferença pro bolso. Me leva nas festas quando está na cidade. Das festas minha família quer saber. Espumante. Tecidos de brilho. Gente de televisão. Boçalidades.

— Estudou pra prova?

— Que prova?

Ela vivia esquecendo. Era eu, de outra série, quem decorava o calendário colado na porta da sala de aula dela. Cobrava com jeito superior. Escola fraquinha, do governo. O que tínhamos, porque não era possível que nos mandassem estudar fora da cidade.

— Prova de inglês.

— Eu sei tudo de inglês, não preciso estudar. Leio revista americana. Meu primo trouxe, me ensina.

— Burra. Revista não é aula.

— É muito melhor, palhação. E você nem agradeceu o elogio.

Sacudi a cabeça porque palhação não era elogio. Burra, palhaço. A gente cresce e se torna cada vez mais o que é.

Só que ela nunca foi burra. Tinha esse tal de primo de São Paulo, aparecia todo Natal. Cheio de novidade. As revistas que eu fingia não querer ver, sobre as quais fantasiava imaginando que absurdos do mundo trariam em páginas coloridas e brilhosas. Até que ela me vencia o ar de desinteresse esfregando uma delas na minha cara, na hora do recreio. Cheiro de coisa nova. O primo certamente só folheava aquilo uma vez e acabou. Até hoje gosto de cheirar revista assim que compro em banca de jornal.

— Bonito.

— Que que é bonito?

— Eu perguntei aonde você ia assim, bonito, e você veio me falar em prova.

No dia do morro e da bosta de cavalo, me deu um puxão. Aproveitei para encostar nela de jeito: coxa, quadris, peitos. Como se eu caísse, todo mãos, sobre ela. Fez que não sentiu. Uns dias depois fez aquilo de me beijar o alto da cabeça. Não reclamou do produto que endurecia os fios do meu cabelo, que naquela época já era ralo. Disse nada do meu cabelo. Nem que cheirava bem, nem que fedia. Eu também não perguntei. Depois disse que eu estava bonito. Cada vez mais maluca, cada vez mais solta. Era o jeito de São Paulo que pegava do primo. Eu achava o cara besta. Alguém que sabia dois vinténs de uma coisa e se fiaria naquela miséria de conhecimento o resto da vida.

As cornetas. Algum quase-acerto de canhota, vai ver na trave. Esse time, do jeito que está não vai. Não sei. Olha o berrante.

E uma vontade de comer jabuticaba agora. Todas as minhas camisas um dia já foram manchadas de roxo: jabuticaba ou sacolé de uva. O sacolé eu fazia pra vender, menino, dele também me fartava. Comia muita besteira roxa. Se alguma coisa tinha açúcar e manchava, era aquilo que eu queria. Ela incentivava meu vício pelas frutinhas. Vivia fora de casa, pé no chão feito moleque, subia árvore. Tantas irmãs e irmãos que pouco se dava falta dela na família. Criança solta.

— Pega no pé, tá cheio.
— Tá com marimbondo, seu Bill avisou.
— Que é que seu Bill sabe? Não sai do bar.
— Vai dizer que nunca pensou sair daqui?

Uma vez ela no portão, já com peitos e pelos que eu adivinhava, me perguntou isso. Se eu não ia sair de lá. Embutiu certa reprovação no tom, como se soubesse que eu pensava menos em deixar a cidade do que ela, ou simplesmente que eu não acessava aquela ideia. Ela me censurava por algo de que apenas suspeitava, eu a queria pelo que adivinhava debaixo da malha. Minha óbvia falta de ambição. As camisas manchadas.

Essa janela preta pra quem espia de fora, preta pra quem a faz de espelho na calçada. O fosco do movimento na rua, que não defino muito bem. Uns palhaços embrulhados na bandeira, cornetas, gritos. O Brasil está perdendo ou ganhando? Nunca sei, o povo festeja tudo.

Se eu enxergasse melhor a rua vai ver tirava da cabeça as coisas que não me servem. Pensava mais nos papéis que veem a gente com olhos de gringo. O brasilianista vaticina estado de emergência para o presidente. "Se o Congresso não cooperar…". Estrangeiro que nos examina com lupa pelos jornais, quase sempre lá de fora. Acompanha o noticiário brasileiro, provavelmente nos visita a terra duas vezes ao ano, casado com uma paulista flácida, amorfa. Deve saber do que trata, afinal, esta São Paulo, este país.

Para quem está do lado de fora, parece que não tem ninguém aqui dentro. Como se eu mesmo não estivesse aqui. Quase não se vê o lado de fora. Acho que as pessoas lá fora tinham o direito de me ver aqui dentro, enxergando-as muito mal lá fora. Querendo tudo ao contrário do que eu quis quando fui menino e só pensava rodar a praça gastando a sola dos sapatos novos, atrás das meninas que viravam moças a olhos vistos.

Ela era uma morena sólida, formas cheias e firmes. Comecei a pensar nela por acaso, desviando os olhos das desgraças sócioeconômicas previstas pelo historiador especializado em oba-oba tropical: "País louco e interessante". "O partido do presidente está sofrendo baixas." "Um sistema formulado com boas intenções, mas difícil de ser controlado." Quatrocentas e vinte e uma páginas ainda por traduzir. "Eficiência agora é mais importante que justiça." Gringo filho duma. Fácil falar. Fica aqui só pra tu ver como é que é. Criado à base de suco de laranja iogurte natural pão integral pasta de amendoim na merendeira. Filho duma. Senta nessa trolha pra tu ver o que é Brasil.

"O último governo com um plano de desenvolvimento detalhado foi o de Juscelino Kubitschek." De vez em quando tenho que tirar meu chapéu. Página ou outra que me vale o esforço. O dinheiro da tradução não é nada, não é nada mas paga as contas, meu sono, meus sonhos químicos. Gostei de me distrair com a fartura de lembrança que tenho dela, firmes e cheias. São coisas de menino. Deve ser saudável, mentalmente saudável, recuar pra esses lugares impossíveis. Não deve? Perguntar ao doutor Ricardo Vaz. Faz bem pensar nessas coisas inofensivas. Deve fazer. Mais alegria que Cloridrato de sertralina, mais devaneio que Clonazepam. Jabuticabas.

Foi na primeira viagem que fez pra São Paulo. Ia ficar na casa do primo, 15 anos, ela e ele. Eu invisível. Uma vareta de pé, vestido com camisas manchadas. Em São Paulo passou as férias quase todas. Me deixou um punhado de revistas que já não tinham cheiro de novas. Eu lia a língua enrolada. Um dicionário bastava. Hoje são esses volumes cheios de termos técnicos para as traduções especializadas. Carregar esse peso pra lá e pra cá, metrô, ônibus. O escritório emprestado fica em Moema.

Eu lia nas revistas sobre as bandas de rock inglesas. Sobre as bandas de rock americanas do top ten. Sobre produtos que nunca seriam vendidos em nossa cidade. Eu sozinho, quase não saía mais com os meninos. Ficava de noite no quintal bebendo vinho que eu comprava com o dinheiro dos sacolés, muito barato e muito tinto, manchava tudo, quando eu bebia e quando eu vomitava.

Quando ela voltou, tinha algumas roupas que eu não reconhecia de seu armário batido, uns sapatos de saltinho, prendedores de cabelo de mulher. Nada de laços, fitas. Trouxe um par de meias-calças. Desfilava os presentes da tia na praça todos os fins de semana.

— Tá diferente.

— Você também tá diferente, agora tá tudo diferente. Eu não quero mais ir pra São Paulo não.

— Mas só vivia falando em São Paulo.

— Agora eu quero ir pro Rio, Fabiano. São Paulo não tem praia. A gente passou dois dias no Rio no carnaval e tem praia à beça, eu fiquei o tempo todo de biquíni. A praia é enorme, tem um monte de gente e a água é quentinha.

— E onde tem faculdade melhor?

— É tudo igual, garoto, mas a do Rio é a maior.

— Você vai fazer concurso?

— Só quero isso. E você, vai fazer o que da vida?

Toda noite eu bebia meu vinho e ela vinha. Fabiano, vai acabar que nem seu Bill! Fabiano, vai acabar com o fígado! Mas não achava mal de verdade, ela bebia um pouco também. A gente ficava rindo alto, às vezes dormia mesmo no quintal. Na minha casa ninguém achava mal e na casa dela ninguém reparava. Trazia as revistas, recorríamos ao dicionário. Cheirávamos as folhas que retinham o odor mais forte da novidade enviada pelo correio. O primo, quando não visitava, mandava revistas pelo correio.

"O caos, na verdade, seria uma melhoria para este país." Agora estamos nos entendendo, senhor. Cento e duas páginas depois de começarmos a conversar, e unir nossos idiomas num novo livro, numa tradução da sua baboseira altamente instruída, começamos a nos entender. Falta pouco para eu retirar o que disse minutos antes, quando mandei que sentasse na trolha e girasse — eu não mandei que girasse? Devia ter mandado — e girasse seu rabo norte-americano nela. Começamos a nos gostar. Sua língua e a minha estão se entendendo muito bem. O problema é com algumas das suas observações, feitas através desse vidro escuro que não te permite ver senão contornos dos fatos. Você devia conhecer melhor São Paulo. A minha São Paulo. Seca apesar da garoa, cinza apesar dos graffitis. Tão cheia de gente que todos os dias eu ainda me perco no metrô. Todos os dias. Começamos a nos entender. Diga mais alguma coisa que me sirva de incentivo para continuar a traduzir a sua obra, pois o que me pagam para traduzi-la não é capaz de mover minha vontade. O senhor precisa conhecer minha cidade. A praça.

Lá todo mundo bebe o dia inteiro. Eu e ela também, lendo os livros que ela tinha trazido de São Paulo. As férias acabando, os últimos diazinhos. Vimos e revimos as fotos do Rio, de biquíni o dia inteiro. São Paulo me parecia mais perto porque eu já tinha ouvido falar muito mais em São Paulo que do Rio. Rio quase não existia. Só passou a existir naqueles dias antes de voltar pro colégio. Só passou a existir naquelas fotos. Fiquei com uma, ela de biquíni. Ela me deu.

— Não vai fazer besteira com a minha foto.

— Besteira, que besteira? Vou botar na gaveta.

— Ah, pra botar na gaveta eu não dou.

— Boto no porta-retrato.

— Aí tá.

— Mas vão dizer que você é minha namorada.

—Vão dizer quem? Só quem vai no seu quarto é a sua mãe e a sua tia.

E eu com a camisa manchada de vinho. Ela chegou mais perto, e vi um risco de luz que furara as folhas das árvores, pingando do poste, para pousar numa mecha do cabelo dela. Perto e perto a gente foi ficando um tempo, até hoje eu não sei quanto. Eu não queria entender. Eu achava — thought — thththththth língua entre os dentes que o cursinho de inglês me ensinaria um dia — que não precisava agarrá-la logo, eu queria, mas não sabia se era certo, eu com 11 anos tinha muito mais vontade pra tudo do que tenho hoje. Mas do jeito que eu fui criado — eu tinha a mãe, a tia e o seu Bill, seu Bill nunca disse nada que prestasse e eu achava que o que ele dizia era sujo. Também ela saw-via a luz do poste refletida no produto que segurava meu cabelo no lugar? Via meus olhos escuros? Achei que vi uma luz verde saindo do sutiã dela, mas eu estava bêbado. Uma vez ela falou sobre a cor dos chacras que ela viu numa revista e o chacra cardíaco era verde e era o chacra do amor. Eu nunca tinha sentido gosto de vinho na boca de outra pessoa, whine wine não era como o gosto de vinho na minha boca.

A janela me distrai, o vidro fumê que me reflete um pouco. Queria ir pro Rio, passei a aceitar o Rio, a achar o Rio... melhor que lá em casa, melhor que qualquer coisa, ela ia me convencendo. Toda noite passamos a tirar as roupas debaixo da árvore, com ou sem marimbondo, mas butt ninguém via. De dia, eu de short, ela de biquíni, as mesmas folhas do pomar que filtravam a luz noturna do poste ameaçavam nos bronzear só num pedaço e noutro da carne. Era tanta folha que não dava pra bronzear a gente por inteiro, ia acabar malhado igual cow.

Acabou que ela seguiu para o Rio. Minha vida se fez em São Paulo. Professor, tradutor, consumidor de sonhos e alegrias encapsuladas, safadezas nostálgicas preciosas com gosto de vinho tinto. Jabuticabas. A cidade ficou para trás. Como é que está o céu hoje lá? Pequena, pequena para sempre, a vida toda a minha primeira cidade vai continuar diminuta, invisível. Eu não vou ver se ela encolhe mais. Não vou ver se para no tempo. Não vou até lá verificar se dão mais que um banco de cimento à praça, se ainda se sentam nele músicos, velhos ou jovens, pra tocar chorinho. Eu só vou saber por carta e eles lá quase não ligam pra coisas escritas, como cartas, ou e-mails. Preferem telefonemas, e no telefone ninguém diz muito bem o que acontece lá, talvez porque nada aconteça. Só querem saber do que acontece aqui. Eu conto a eles sobre o livro que estou traduzindo, *O Brasil Não Existe*. Falo do brasilianista norte-americano. Eles não me pedem para destrinchar o termo "brasilianista" porque consideram meu trabalho tão complicado quanto sem importância. Gostam de saber quando vou a festas. Sempre dou detalhes sobre festas. Sempre pergunto sobre a menina que foi pro Rio. Sem notícias dela. Sua família parece não dar falta, tantas filhas, tantos filhos. Crescidos, casados, netos.

Mais café. Não manchar as páginas. Não manchar a camisa. Não manchar o tapete do escritório que não é meu.

Quando abro um pouco uma janela, vejo melhor a rua e os prédios, ainda perco os olhos no concreto e tiro um pouco a cabeça da cidade velha. Mas depois de um tempo até o concreto me lembra dela. Tem gente que não devia mudar de lugar. Aqui o ar-condicionado deve ficar ligado o dia inteiro, por causa do computador. Quase não posso abrir a janela. Pergunto sempre se alguém sabe dela, quando telefono. A foto na gaveta aqui, meu amigo, o que me empresta a sala, achou uma vez. Quis saber se era minha filha, tão garota quando foi ao Rio pela primeira vez. Nunca conversamos sobre a minha cidade. Desse jeito não vai. Faltam 241 páginas para traduzir. Aprendi dois vinténs de uma coisa na vida e é o que eu tenho. Não me cobro mais que isso.

Ganha ou perde o Brasil? Não ouço mais as cornetas.

TRISTEZAS DO JECA

TRISTEZAS DE RAIMUNDO

[Gero Camilo]

Piando vinha a viola chiada tragada pelos bêbados que por ali disputavam o lugar, *Covil das Mariposas*, aquele cabaré. Feito goteira no telhado morno caíam as notas. E o lastro de céu entoava igualzinho ao olhar do músico uma melodia conhecida em sua melancolia.

— É de 1918!

Era de se entoar que o rapaz vivera pra cantar tal história. Sobrevivera, pra se dizer mais exato, embora não faça questão do desperdício que foi. Raimundo nem quisera estar por ali. Raimundo vinha de mais longe. Raimundo vinha do útero de sua mãezinha que vinha de mais longe ainda, portanto Raimundo não se quisera somente Caroço da Aurora. Raimundo se fizera pra ser de mais longe, lá de onde saído, do ventre da mãe que se foi pra onde Raimundo nem por fim soubera, já que a mãe simplesmente desaparecera da esfera, e deixara

Raimundo sempre olhando o céu das pernas órfãs. Por não falar do pai, então soubemos que existe e não lhe quer saber. Teria sido um mero acidente entre uma estrela cadente e um ex-garimpeiro o seu nascimento. O pai mudara de profissão no auge do acho que achei algo, e resolvera trocar pedras preciosas por CDs piratas. Vendia mais que o ouro que não achava. Logo ficou rico fazendo gato em cima de sabiá. Vendia todos os sucessos da temporada.

— É de 1918. Tu ainda nem pensava. Que diria existir! — dizia o pai, empacotando o lote de CDs piratas, pra distribuir aos camelôs da região.

Um dia o pai de Raimundo saiu e quando voltou a polícia tinha invadido sua casa e apreendido a mercadoria. De longe viu o filho sendo levado, e pra não ser pego, desapareceu da cidade. Nunca mais se soube notícia de Jacinto.

De menino solto aos oito no desvão do Caroço da Aurora, Raimundo teve por sorte a companhia das violas nas praças em que dormia. Adorava seguir cantadores e repentistas. Prestava-lhes serviço passando o chapéu, em troca ganhava umas moedas pra merenda. Ou quando os músicos iam beber, ele cuidava de seus instrumentos. Limpava como se engraxasse sapatos. Ficava horas contemplando as violas. Alheias é claro, pois que a sua mesmo, ainda nem pensara em comprar, que diria inventar no toco do caixão do padrasto. Raimundo acabou sendo adotado por Chico Gaspar, um senhor que lhe dava casa em troca de favores, como ir na bodega, comprar os remédios, limpar o chão, e essas coisas mais quando a velhice chega e se precisa de músculos jovens pra realizar os afazeres.

Vendo que o moleque se animava com os violeiros, Chico Gaspar disse:

— Vai lá na funerária de seu Giannilson e diz que te entregue o caixão que eu comprei pra me assegurar do dia do Rei. Diz que desisti de morrer, pro mode tu fazer tua viola.

Raimundo contente com a esmola do padrasto, desempregou as carpideiras e carpintou ele mesmo aquela madeira. Estudou a fundo o manequim e o corte. Serrou ouvindo todos seus acordes e quando ninguém dava por decote, aparece vestindo uma linda viola do norte. O padrasto ficou tão emocionado com a escultura musical do afilhado, que bateu os calcanhares pra tristeza do entorno.

— E agora, cadê o paletó do defunto?!

— Atrás num dá pra voltar, lamentou Raimundo. Na viola não dá pra enterrar. Vou agora mesmo na praça anunciar que faleceu Chico Gaspar, vou cantar a sua história, que foi meu padrasto que me deixou de herança um caixão que lhe devolvo em cova. Trova.

Assim fez Raimundo seu primeiro show de praça. Na plateia uns três pombos e um menino a lhe oferecer serviços de auxiliar, assim como se prendeu Raimundo um dia nas barras das calças dos violeiros do lugar. E como notícia de morte é enxame, não demorou e Raimundo comprou o envelope e remeteu o padrasto aos confins. Ainda lhe comprou flores e citronelas.

— Agora vou poder soltar esse nó. Tem um monte de pio aqui dentro, e eu nunca tive por onde! — pensou, enquanto despencava sua mão de terra no buraco do padrasto e desolhava despercebido o joelho de luto da mulher do Adamastor.

Adamastor, filho que nunca prestou serviço ao pai, voltou agora que o velho tinha calcanhado para lhe cobrar o hereditário e rapidinho fechar as portas e vender as poucas mazelas do mundo das matérias do pai morto, que Adamastor vislumbrava heranciar. Ainda que toda cidade soubesse que num era cabra da peste, muito menos filho que preste, era sim, no ouvido oco da língua solta do povo, o filho da besta, que nunca quis conhecer por ser burro.

O desenho da batata era de belíssima feitura, e cumpria o trajeto com textura de duas vias. Podia-se muito bem subir e descer o olhar, pois que do tornozelo ao babado da anágua o olho tesia e as pupilas viravam dois imensos dedos. Isso pra falar das partes de baixo, que das de cima é o torneio a que temos costume: os montes e os adornos das fêmeas. Ela, no velório, tinha mais cara de tristeza que todos, e era pra todos a menos triste. Chorava muito o defunto que nem chegara conhecer em vida. Raimundo descoberto que a vida tem um olho que guia outro que desconfia, achou por bem chorar pelos dois olhos: acreditar nas batatas das pernas e desconfiar da tremedeira das maçãs da face de sua cunhada que não era.

Ia ter que dormir na mesma casa com o irmão que não tinha. Então tratara de tratar bem o intratável.

Teve de sair do seu quarto, o Adamastor não queria dormir no quarto do finado pai, com medo que esse viesse lhe puxar o dedo, então Raimundo lhe cedeu até o mosquiteiro. E foi deitar nas memórias de um pai que também não era o seu. Adamastor, logo que voltaram do enterro, deu por enterrado o assunto, anunciando que tava pensando mesmo vender tudo. E que a Raimundo, filho ilegítimo, deixaria que levasse as roupas velhas do pai. E o relógio, pois que ainda era a ponteiro, e pra Adamastor o mundo todo era digital.

Raimundo ficou de lamparina na ponta da janela olhando a lua. Pensando pra onde ia. Não estava infeliz com o infortúnio, parecia conhecer mais desse sentido. Coisas da infância. Queria mesmo partir dali. Aproveitar da sua viola. Ele não sabia nada dos outros, mas sua compreensão de si chegava a extremos de sublime compartilhar. Como se quanto mais seu mais do mundo sua viola cantasse.

Entre fazer esses pensares, ouviu um barulho de copo de alumínio batendo passo na cozinha, e um chuar de queda d'água descendo do filtro do copo. Sem justa nem causa, as batatas da mulher do irmão sem ser tropeçou em seus pirilampos. Raimundo teseu o arco, e sentiu uma sede da porra! Necessitava de um copo d'água. Há muito estava ali pensando tudo que podia e a cacimba da mente estava vazia, necessitava de banhar um pouquinho mais a língua. Embora soubesse do risco que tava se metendo, respirou três vezes em profundo. Na primeira vez, já tava no corredor. Na segunda na cozinha com a mão nas ancas da cunhada que não era. Na terceira tava no topo do abacateiro que era lugar mais seguro, e com galhos turvos de possíveis agasalhamentos. Só não contavam que a época do abacateiro não era de cio, e sim, de fio. Deu de cair abacate no telhado do quarto do corno irmão que não era. Esse despertara a dar com balas pro céu, assassinando uns tantos morcegos que também reclamavam silêncio. E o de correr de Raimundo, deixando pra bem longe o pai que não tinha, morto, o irmão que não e a cunhada que não e cidade de passagem, Caroço da Aurora.

O mundo é o meio-fio. Paralelepipam as possíveis odes. Uma hora há de passar uma bicicleta que seja, desejou. Passou o trem e Raimundo foi com o trilho. Pois não havia nem estação na cidade, era só que o trem passava à distância, fazendo pouco causo do quem por lá vivia. O trem era visto de longe e comentavam os habitantes:

— Dizem que o trem não sabe da gente por causa de ser serpente, e nós, nos autos, somos de Áries. Puxamos mais pros lados dos carros de boi. Só deve de ser isso.

Até hoje não se sabe o que isso quer dizer, mas que o asfalto chegou, chegou, menos o trem, isso deu de acontecer.

Foi brincando de equilibrar no rastro da serpente que Raimundo seguiu trilho. Ele e sua viola. Não precisava ir pra muito longe não, bastava ter umas pracinhas e feiras, ou portinhola de mercado. O interesse estava em aprender a tirar som. Repetir tudo que ouvia. E do sopro do assobio lhe vinha um intuo e Raimundo sem se ater a nada, sem hóstia consagrada, muito menos pacto com o Diabo, adivinhava a notarada. Sem muito suspiro, Raimundo tocava. Isso indo sozinho pelo trilho, só descia quando seus pés sentiam a respiração da serpente vindo à frente ou à retaguarda. Foi aí que armou plano de se agarrar no rabo do bicho. Assim que sentiu seu respiro, e que era pro sul o destino, Raimundo preparou o bote.

—Vou pro sul que é meu norte. Tinha aprendido que é pro sul que está a sorte. Quando lhe perguntavam o que era, dizia:

— Sou apenas um rapaz Sorteamericano.

Achava mais bonito que dizer sul-americano.

Passou a cobra e Raimundo pulou no rabo. Ficou pendurado no último vagão, e de lá seguiu o trem no desvão do mundo. Raimundo olhou pra trás e pensou:

— Perdido eu não tô. Qualquer coisa é só seguir em invés o rastro da serpente, e tô de volta no Caroço da Aurora.

Desceu num adiante. O primeiro povoado que viu estação. Achou bonito o tom da cor do cimento, estava acostumado a ver tijolo cru sem vestimenta ou colorido demais tampando as vistas. Ali não, era tudo mesmo tom, bonito sem ser.

— Qual a graça? — perguntou Raimundo ao funcionário da estação.

— Dagoberto.

— Desculpa, senhor Dagoberto, mas qual a graça do lugar?

— Ah! Sentinela.

Gostou do nome da cidade, achou altivo. Patriótico. Sorteamericano!

Parou seu passeio desmundo na quermesse, até descobrir aonde acontece a tertúlia.

— Casa das putas —, disse o atirador de facas, que tentava equilibrar a maçã na cabeça torta da moça.

— É sempre onde se acolhe a boemia das boas famílias – e foi bater na porta.

Uma casa amarela grande, com um néon sem brilho, uma sinuca, uma máquina de engolir moedas, 10 mesas, 15 putas e homem a dar com pau. Nem precisou bater na porta. Foi entrando e dando de mão com a primeira que lhe ofereceu um toque. Raimundo se assustou um pouco, mas seguiu prumo. Atravessou a porta e a segunda já lhe ofereceu um gole. Achou simpático, mas não era de beber em serviço, e era pra isso que estava lá. Nesse seu continuar passou por mais umas tantas que começaram a se amontoar pra decidir com quem o moço ia comerciar. Ele, como sem pensar, só parou de andar pelo lugar quando seu olho encontrou o de Celeste, e ele soube que aquela sim, era a dona do puteiro.

Perguntou se careciam de músico. Celeste perguntou de que ordem vinha as cordas. Raimundo anunciou que eram despatriadas, que tinham caído em suas mãos por desordem do destino, quando numa dor danada, que nem remédio nem ter pátria curavam seu desatino, ele aprendeu a primeira música. Ademais, o repertório era pra lhe amenizar da surra. Ofereceu seu trabalho em viola. Deu sul, teve muito sul! Celeste queria mesmo dar vida nova ao lugar. Ganhou aquele puteiro de herança e tava com fome de novidade. Achou Raimundo garboso e talentoso. Gostou da voz rouca e do repertório, as cantigas de acordar a dor das memórias.

— Te emprego, mas tu vai ter que tocar toda noite sem parar a "Tristezas do Jeca", meu hino, minha prece, meu resumir.

Curiou Raimundo sobre a proposta, não lembrava da música pelo batismo, mas não fez cara de dúvida, disse:

— Canta pra mim que eu tiro de viola.

Celeste sentou no balcão, abriu as pernas à vontade, deixando seu gomo úmido respirar, e entoou:

Nestes versos tão singelos
Minha bela, meu amor

Pra você quero cantar
O meu sofrer, a minha dor...

As putas, emocionadas, bateram palmas. Raimundo desconcertou-se todo, no ouvido de ouvir dali tanto respiro. Ao passo que as notas aconteciam em suas mãos na viola, seus ouvidos viam profundo Celeste, a puta que Raimundo acabara de se dizer escravo e patrão.

— É linda.
— Eu também acho.
— Tua voz.
— Ah, obrigada. Muito boquete abre as cordas vocais.
— Já conhecia, de moleque. É muito triste.
— É como é. Esse Jeca deve ter sido o primeiro corno.
— Ele gostava muito dela.
— Era um jeca.
— E por que tu quer que eu cante se não gosta?
— Gosto. O primeiro corno foi quem comeu a primeira puta.

— É de 1918.

—Viche, que isso é desde tempo da nossa mãe Eva.

— A música! É de 1918. Meu pai que me apresentou.

—Tu é velho, hein? Bom, tá empregado, mas já sabe, todo dia tem de cantar a tristeza do Jeca.

— Mas não carece de música mais alegre pra animar o recinto?

— Carece do que eu careço, e se tu quer emprego, carece tu de carecer o que eu sinto. Canta ou não canta?

— Com o perdão do intrometimento, te faço então um desafio, toda noite toco a cio meu repertório e num momento de sempre te chamo e tu sobe no palco e canta a tristeza pra gente.

— Tá fugindo do emprego?

— Não, é que nunca vi voz igual. Tu canta tão lindo que parece o tal do sabiá que o Jeca quer imitar.

—Viche, que sendo assim é tu que vai ter que me pagar.

— Pago.

— Quê?!

— Tiro do meu salário.

Celeste fechou as pernas, apertou as coxas grossas, e deu uma gargalhada de arranha-céu:

— Vem aqui, vamos subir, vai. Lá em cima tu me paga. Também canto com a perereca.

Pra quem buscava um emprego, Raimundo deportou-se do antigo enredo e recriou a história desse conto. Foi comer a voz de Celeste. E já começou lhe devendo, pois nem havia ainda estreado no puteiro! As outras mariposas ao ver os dois subindo a escada, não fizeram por onde, dispersaram e foram catar coquinhos nos bolsos dos que começavam a abrir o recinto.

A gira do mundo segue.

Ficaram felizes por Celeste ter subido com Raimundo. Fazia tempo que não subia mais com homem nenhum, e não por falta de pedido, mas é que desde que perdeu Benedito, seu homem, seu espírito esportivo tinha desaparecido.

— E além do quê, Celeste não tem vocação pra puta —, disse Rita.

— É até bonitinha, mas desengonçada demais pra derradeiros movimentos —, acrescentou Gorete.

— Nunca saía de primeira, porque os homens escolhiam as que vinham esfregar as coxas nas suas botas, e Celeste meio que ficava assim de canto de balcão, achando que a luz lhe favorecia —, disse Suellen.

— Coisa de cantora, isso sim que ela era, e se contentava em ser a dona do bordel, e ganhar por nossas bocetas e cus a sua mais-valia —, maldisse Elizete. — Praticamente batia nas que não rendiam.

Mas ainda assim todas amavam e respeitavam Celeste.

— Agora chegou esse novato das cordas... Bonito! — ecoou o coro das mariposas.

Logo que entrou, empolgou todas. Tocava com os dedos, não tinha tempo pra perder as mãos, enquanto desde sempre o que simplesmente queria Celeste era cantar. E podia ser por lá, não pensava mais longe, não mais. Já tomara tanto no cu e na boceta que não imaginava mais que um empresário capaz lhe tomasse pelas mãos, lhe tirasse de Sentinela e lhe desse o estrelato, do qual seu nome carece, Celeste. Mas além de não ter sido sucesso, sua labuta no suar sempre lhe tirou a alegria e de tanto ter que gemer, parou de cantar. A última vez que as outras meninas tinham ouvido seu canto tinha sido exatamente a "Tristezas do

Jeca", que fazia par com Benedito logo que abriram o puteiro, na época, bar. A música lembrava o pai morto. Um grande violeiro de Caldeira das Luas, sua cidade natal. De onde desde menina Celeste ouvia o pai devotar amor diariamente na janela da mãe no hospital, que não o queria mais, por estar doente da perversa e desejar que o marido casasse novamente pra cuidar da menina. Pra levar ela dali. Mas o marido quebrado de amor não sustentava tamanha dor, e por jura de cura, a noite crescente cheia e futura ele vigiliou com seu canto e seu entuo até a mulher minguar.

— Pai, pode parar.

Fez-se silêncio na mão do violeiro. Os dedos emudeceram, e a tristeza tomou conta de seu terceiro olho. O maior violeiro da região...

Celeste era muito menina, ficava com a cabecinha na janela do quarto no hospital vendo o pai lá embaixo fazendo seresta, coisa de festa, pois na cabeça de Celeste, era o pai cantando pra ela. Isso encheu de tanta graça o coração da filha, que a alegria que tinha ao cantar a música reacendia a alegria do pai. E o que era "Tristezas do Jeca" virara, pro pai, a "Alegria de Celeste". Cumpriu o desejo da mulher morta, casou de novo, gravou novo LP, e educou a filha nas artes do canto. Depois cumpriu a sina do humano, bateu a viola e foi pro imagino. Deixando a filha com a madrasta, que tratou de querer casá-la com o tal do Aurílio, sujeito estúpido. O necessário pro viramundo de Celeste. Correu dali, e como pardal selvagem foi bater asas. Pegou o dinheiro que o pai lhe entregou em mãos, antes de morrer, pois sabia da mulher que tinha.

— Juntei pra ti. Grava teu LP, depois se vê.

O duro é que piando piando piando por aí, caiu nas malhas de Benedito, um violeiro chulo que lhe prometeu empresariar, caso lhe servisse mesa, cama e mais uns troquinhos pra mídia de divulgar seu grande talento nos cabarés. Com isso ficaria famosa e gravariam CD.

O que Celeste queria quando foram pra lá, era transformar o lugar numa belíssima casa de shows chamada *Confins de Sentinela*. Um espaço pra Benedito e ela tocarem suas artes e amarem muito. Mas Benedito tinha mais talento pra gigolô que pra tocador, e se divertia mais com as meninas do que com o canto da mulher. Convenceu Celeste de que o que mais pagava o empreendimento era fazer talento com a beleza das mulheres, e transformar a boate em cabaré. Ele mesmo gerenciaria o bordel, pra mulher não ter que se misturar. O máximo que faria era cantar. Por amar tanto o marido, e pela necessidade de enfeitar de gente a casa vazia de sucesso, Celeste aceitou. Deixou o marido gerenciar o lugar, que virou puteiro em dois dias, tamanha a carencidade da região. Produto e demanda fizeram a propaganda. Mas o número musical mesmo de Celeste, ninguém fazia questão de escutar. O próprio marido não fazia gosto em tocar. O pau quebrou quando, entre um intervalo e um show, o marido ofereceu Celeste a um coronel. Botou preço na mulher. Disse que fazia gostoso e tudo mais. Deu até dicas do casal. Celeste ouviu de arrega olho, cuspiu no trolho, quebrou a mesa em partes, saiu dando estandartes e o cabaré foi notícia na delegacia. Sobrou pra ela, que não tinha carta de trabalho, e o delegado nunca lhe tinha usado. Ficou três meses carcerária sem salário servindo a autoridade, tomando sopa de pão, visitada pelas empregadas que vinham amenizar a pena de Celeste também animando os guardas.

— E Benedito?

— Sumiu de casa. E não foi só, levou junto uma descarada! — reclamou Francisca.

— Entrou no cárcere cantora e saiu puta —, lamentou Florinda. De lá até então nunca mais tinha cantado. Agora quem sabe com o desafio de Raimundo ela voltasse a ter gosto pela voz.

Por lá por cima, no quarto de Celeste, ficaram três dias ensaiando o canto e o tronco. As notas e os dedos afoitos no corpo. Desceu rejuvenescida, parecia puta recém, e dizia que durou três dias o encontro porque Raimundo primeiro precisou lhe devolver a virgindade, pra depois a comer de novo, sendo somente sua.

Raimundo e Celeste desceram dispostos. Abrindo frente de negócio. O sol descia, a noite anunciava, Raimundo botava prumo na viola, cantava uns bregas pra dar boa noite a macharada, e quando eles achavam que já estavam, Celeste saía de trás do balcão, e com uma lamparina na mão, cantava, acompanhada de Raimundo:

Nestes versos tão singelos
Minha bela, meu amor

Pra você quero cantar
O meu sofrer, a minha dor...

Os copos paravam nas mesas, os gemidos dos quartos de cima viravam suspiros, e o estribilho ganhava coro com o arrepio dos homens grossos que ali vinham. Ficavam todos ouvidos. Surpresos com o talento da puta. Com a doçura de sua voz, que eles tanto calaram enfiando cacetes em sua boca. Depois que Celeste calava o entorno, aí sim Raimundo ficava a gosto, e botava na noite o repertório que queria. O fato é que o feto é um fato, o número deu certo. Até o prefeito veio assistir o casal de putos que ali ganhava fama. Homens de outras cidades próximas vieram conhecer o puteiro da cantante. E não tardou, um jornalista que comeu Alice, uma das mariposas, deu matéria pro casal. Manchete de capa:

Celeste e Raimundo, O Novo Canto do Imundo.

Ficaram sem entender se isso era elogio ou desvio, mas Raimundo argumentou que esse povo das palavras gosta de confundir o artista, e sorriram. Casa cheia, o entretenimento vingava. As garotas estavam assadas. Nunca deram tanto. Luzia pensava até em comprar casa. Tinha um porquinho de cofre, e esperava o dia que quebraria e dali só Deus sabe o que seria de Luzia. Solange não, essa não pensava largar a profissão. Queria mais era juntar as mixarias e gastar em cosmético e lycra. Adorava, só se vestia na lycra. E assim cada uma tinha seu sonho, renascido com o vigor do Cabaré. Principalmente o casal que guardava as economias pra gravar o CD tão desejado pelos dois. Já tinham até escolhido o repertório. E claro, a "Tristezas do Jeca" seria o carro-chefe. Queriam que o local voltasse a ser bar, mas não sabiam o que fazer com as garotas.

— Primeiro a gente pensa se nós é que não vamos embora —, disse Celeste. — Elas têm direito de ficar com o lugar. Já gemeram tanto aqui, que são mais donas que nós. Vamos aproveitar pra conhecer o mar. Lugar que meu pai me falava tanto. Estrada d'água sem chão. A outra face do sertão.

Começar com uma casa de cidade grande seria o ideal para o compromisso artístico do casal. O Rio de Janeiro parece ser um sertão interessante. Um lugar sorteamericano!

Em meio a tanto sucesso, veio o anexo. Celeste pegou bucho de Raimundo. Ficou em febre, com medo que ele não quisesse a criança. Mas não foi o caso, pelo contrário, Raimundo deu saltos. Beijou os pés da mulher, distribuiu charutos no puteiro, tocou do que pediam, subiu na mesa, fez discurso, tomou um porre daqueles. Pagou até puta pra amigos que nunca conhecera. Na ressaca do dia seguinte, aí sim veio o "quem tem cu tem medo", e Raimundo pensou melhor o caminho. O CD ia ter que esperar. O mar também. O bar também. O dinheiro seria pra sustentar a cria, comprar as fraldas e as chupetas, e o resto de suas vidas, pois cria é pra todo o sempre, e não faria como os pais dele, que fugiram do seu entulho, que ficariam tristes até de ver que o entulho vingou e fez por onde. Celeste concordou. Ficariam ali mais um tempo, até a criança nascer, e depois iriam pro sul, pra uma cidade sorteamericana. Era isso, iam atrás da sorte. Mas com a cria. Creia.

Foi quando Raimundo viu de revés um homem se aproximando do balcão, pedindo uma cachaça, e dando conta de escolher seu jantar carnal nos arrebites das que lhe lambiam a língua. Raimundo assuntou-se, entrou num mergulho profundo e rápido com o que viu.

Deu por conhecido aquele semblante e aquelas costas grossas e largas daquele homem, aquela sombra era familiar, costas que ele conhecia bem, pois sempre tinha sido educado pelas costas, e aquela ele conhecia muito bem, eram as costas do seu pai. Que por saber da fama do lugar, resolveu ir conhecer a puta cantora chamada Celeste e o violeiro que tocava com ela, um tal de Raimundo. Jamais pensou que o tal mundo do Raimundo fosse seu umbigo. Sua prole. E ali estivesse, a lhe ver pelas costas, como sempre fez, criança escondida, herdada a covardia da mãe, que não assistiu tamanho esforço lhe fez o pai para trocar as fraldas sujas de merda, e limpar os golfos que o filho lhe cuspia na cama, única cama da miserável casinha que moravam, e que ele mesmo, pai, para proteger o filho, encostava a cama num canto e dava as costas pra criança fazendo uma imensa parede. Intransponível. Antes do julgo dado ao pai ou ao filho, cabe dizer aqui, que agora estavam eles ali, Raimundo e seu mundo, e a parede. Jacinto e seu umbigo, e as costas. Pai e filho, imóveis, os dois entraram numa conversa profunda e silenciosa, pelas costas. Não se sabe bem quem tomou a iniciativa, se Raimundo ou Jacinto, o que nos deixa um pouco perdidos na geografia do espaço. Vertigem. Talvez tenha sido Celeste o ponto de recomposição do conto, quando serviu duas cachaças aos dois homens, e mandou o cabaré tocar a putaria, que o leite em pó é caro e o das tetas, seca! Raimundo subiu no palco, ligou os instrumentos, e tocou. Jacinto ouviu de lá, sem virar. Aplaudia quieto, e quieto ouvia o repertório do filho. Talentoso, crescido, cheio de floreio nos arranjos, e com os dedos livres. Nem imaginava que o filho desse para tanto. Foi quando lhe baixou a curiosidade de pensar se o filho parecia com ele. Mas não virou. Só pensou. E Raimundo que nesse momento dedilhava uma linda canção popular, curiou-se de pensar se o pai sorria ou não com suas notas. Mas não foi ver. Só pensou. Foi quando começou a dedilhar o número principal do show. Celeste foi pra junto dele e começou a cantar:

> *Nestes versos tão singelos*
> *Minha bela, meu amor*
> *Pra você quero cantar*
> *O meu sofrer, a minha dor...*

Jacinto, como que sem força muscular, deu rotatividade a sua espinha, e suas espátulas abriram-se, despejando as mágoas no chão do puteiro, e virando lentamente para o casal e seu lindo número musical.

Era a cara do filho, sim! E o filho tinha o sorriso de Jacinto, sim! E novamente a canção triste foi motivo de alegria.

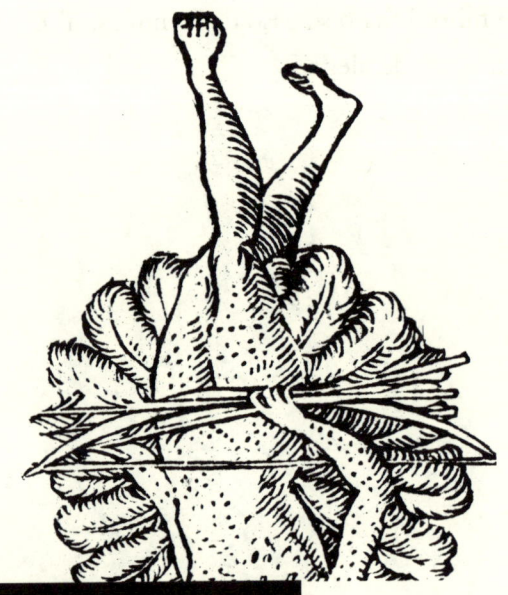

AQUARELA DO BRASIL

AQUARELA DO BRASIL
[José Roberto Torero]

I.

Certo dia de janeiro, na avenida Brasil, que fica no Rio de Janeiro, que fica no Brasil, um mendigo gigante pedia esmolas.

O primeiro que o viu foi um homem rico que estava dentro de um carro negro. Ele pisou no pedal do freio com toda força, seus pneus cantaram e ele parou bem ao lado do gigante, que era tão grande que olhando pela janela mal dava para ver seus joelhos. Então o mendigo abaixou-se e lhe estendeu a mão em forma de concha. O motorista pegou algumas moedas, depositou-as na mão do mendigo, virou para frente e ficou esperando o sinal abrir. Mal a luz verde acendeu, acelerou o mais rápido que pôde e os pneus cantaram outra vez.

Logo depois houve o primeiro acidente. O motorista de um BMW assustou-se e bateu num DKW. Então um Apolo acertou uma Mercedes, um Alfa bateu num Omega, um Jaguar num Fox, uma Brasília numa Parati, um Opala numa Zafira, um Comodoro num Kadet, um Gol num Golf e uma Besta num Logus.

II.

No instante seguinte, o mendigo gigante andava em direção ao Parque Tanguá, em Curitiba.

Com seus passos gigantes, rapidamente ele chegou às grades do parque e passou sobre elas como se fossem uma simples cerquinha de jardim. Corredores, namorados e babás começaram uma grande debandada logo que ele pisou a grama. Os corredores aceleraram suas marchas e bateram seus recordes, os namorados saíram correndo de mãos dadas e as babás esqueceram seus bebês.

Só um pipoqueiro, paralisado de medo, não conseguiu se mover. O gigante aproximou-se dele e estendeu-lhe a mão com as moedas que recebera do homem do carro negro. O pipoqueiro ficou parado por algum tempo, olhando para aquela enorme mão com um punhado de moedas sem saber o que fazer. Só depois de alguns segundos entendeu o que o gigante desejava. Então tomou-lhe as moedas com cuidado, encheu um saco com pipoca salgada e entregou-o ao mendigo, que jogou tudo na boca de uma só vez.

III.

Talvez por causa da sede provocada pela pipoca salgada é que o gigante estava ali, nas Cataratas do Iguaçu. Ele punha suas duas mãos numa das 275 quedas d'água e depois levava-as até a boca, bebendo vários litros de uma vez. Os turistas nas plataformas de observação, todos vestindo capas amarelas, reagiram de forma diferente ao aparecimento do colosso. Alguns saíram correndo desesperados, outros aproveitaram para tirar fotos.

IV.

Quando o mendigo entrou pela avenida Paulista houve um tumulto no trânsito. Centenas de carros bateram uns nos outros, freando para vê-lo de perto ou acelerando para ficar longe dele. As pessoas corriam para todos os lados, entrando na porta mais próxima que encontravam, fosse metrô, loja ou banheiro.

Nas janelas dos prédios residenciais, pessoas escondidas atrás das cortinas olhavam a passagem do colosso. Alguns faziam o sinal da cruz, outros filmavam o gigante com seus celulares.

Nas janelas dos escritórios as pessoas se acotovelavam para vê-lo. Mas mais impressionadas ficaram as que estavam exatamente nos andares situados na altura dos olhos do mendigo. Estas, alguns minutos depois, dariam seu testemunho com muito orgulho, falando de sua própria coragem em fitá-los sem piscar, mas não entrariam em acordo sobre como eram aquelas janelas da alma. Contariam que eram azuis e negros, redondos e amendoados, puros como os de uma criança e diabólicos como os de um advogado, de mormaço e de ressaca, vivos e de peixe morto, de águia e de lince, límpidos e baços. Só concordariam que no canto do olho esquerdo havia uma remela do tamanho de um fio de macarrão.

Indiferente às pessoas que estavam de olho nele, o mendigo seguia seu caminho pela Paulista. Foi então que desabou uma chuva tremenda, uma pancada tropical.

Para sua sorte, o gigante estava perto do MASP. Ele foi até o museu e deitou-se sob seu vão livre, o maior da América Latina segundo os guias turísticos. Ali tirou uma breve soneca, enquanto era cercado por curiosos destemidos que foram se aproximando aos poucos.

Logo uma pequena multidão olhava o homem enorme, que soltava roncos de mais de cem decibéis.

V.

Enquanto isso, em Brasília, a capital do Brasil, o presidente e seus ministros debatiam a situação.

O Ministro de Ciência e Tecnologia, cientista renomado mundialmente na pesquisa sobre formigas, discorreu sobre a possível origem do gigante, dizendo que talvez fosse uma hipertrofia na hipófise, talvez tenha comido adubo, talvez tenha sofrido uma mutação genética, talvez contaminação radioativa, talvez tenha recebido raios cósmicos, ou talvez seja um alienígena, que o universo é grande demais e tudo é possível neste mundo de meu Deus.

O Ministro da Cultura, um poeta quase careca mas com um longo rabo de cavalo feito com os fios de cabelo que lhe sobravam, disse que na verdade o sujeito era uma metáfora do abandono social. Ia até declamar um poema de sua autoria sobre este assunto quando foi interrompido pelo Ministro das Comunicações, que disse que este caso era muito importante, pois, dependendo de seu desdobramento, poderia provocar a reeleição ou não do Presidente, e propunha um nome para o caso, "Operação Terra de Gigantes", salientando que acertar o nome de um programa às vezes é mais importante do que o próprio programa.

O Ministro do Planejamento lembrou que o gigante não estava

previsto no orçamento, o Ministro das Finanças informou que o dinheiro teria que ser tirado de alguma pasta, a Ministra da Educação disse que já sabia qual seria esta pasta, e o Ministro dos Esportes não falou nada nem deu palpites, mas durante a reunião ficou pensando que o gigante seria um grande goleiro para o seu time.

Como ninguém decidisse nada, o presidente decidiu que nada se faria por enquanto, a não ser acompanhar os passos do gigante.

VI.

Quando a chuva parou, o gigante acordou e espreguiçou-se. Foi um corre-corre tremendo. Ele esticou os braços e por pouco não acertou os mais lerdos em fugir.

Então ficou de quatro para erguer-se e seus olhos ficaram na altura das janelas do MASP. Ele pôde ver renoirs, modiglianis, rembrandts, picassos e portinaris. Houve quem pensasse por um momento que o gigante poderia se interessar pela arte, que poderia ser seduzido pela beleza. Mas não foi o que aconteceu. O que aconteceu foi que ele deu um espirro enorme, sujando os vidros do museu, deixando uma marca verde e disforme que alguns críticos poderiam chamar de arte moderna, verdadeira e intestina, ou, no caso, nasal.

Então o gigante levantou-se de vez e continuou seu caminho.

VII.

No Gabinete da Presidência, a discussão entre ministros continuava. Mas agora polarizada entre o Ministro da Defesa e a Ministra do Desenvolvimento Social.

O primeiro dizia que deveriam matar o gigante antes que ele causasse alguma desgraça, como entrar numa creche e comer criancinhas. A segunda falava que o mendigo era apenas um carente, um carente enorme, mas um carente.

No final a discussão acabou numa espécie de empate. Decidiu-se que ele não seria morto, mas sim preso.

O problema seria onde prender o mendigo.

VIII.

Na avenida Goiás, em Goiânia, capital de Goiás, um helicóptero de televisão acompanhava o mendigo.

"O gigante está agora entrando no Setor Central", disse a repórter para a câmera. "Ele anda calmamente, sem nenhuma pressa. Como vocês puderam ver, nos últimos minutos houve um corre-corre e as ruas estão desertas, só com alguns carros abandonados. Vamos tentar agora fazer uma entrevista com o mendigo gigante."

Então ela pega um megafone e grita:

"O senhor está indo para algum lugar pré-determinado? Onde o senhor esteve todo este tempo? Como ficou deste tamanho? Qual o seu nome? Sua caminhada é um sinal de protesto? O senhor faz parte de algum movimento social? Qual a sua reivindicação?"

O mendigo nada respondeu.

Então a repórter virou-se para a câmera e avisou que continuaria fazendo esforços para entrevistar o gigante e que, agora, ao vivo, outra repórter falaria com o Presidente.

O Presidente, já maquiado e vestindo um terno elegante, disse frases como:

"Ainda não temos nenhuma explicação para o mendigo gigante, mas nossos técnicos estão trabalhando neste sentido."

"Por enquanto ele não fez nada contra o patrimônio público ou privado, de modo que não há motivos legais para detê-lo, mas estamos alerta para qualquer eventualidade."

"Já temos um plano de ação esboçado, mas ele precisa de ajustes finais. No momento certo faremos o que for necessário."

"Eu não estou preocupado com a minha reeleição, mas no impacto que o gigante pode ter sobre os habitantes do meu país, país que amo profundamente e ao qual me dedico noite e dia."

Quando entraram os comerciais, passou a propaganda de um novo refrigerante tamanho família.

IX.

O gigante foi então para a avenida Brasil, em Belo Horizonte, virou na avenida Afonso Pena e passou em frente ao Edifício Acaiaca, orgulho da arquitetura mineira com suas linhas retas e sóbrias.

Muitos olharam pelas janelas dos 29 andares do prédio, mas só uma pessoa acenou, uma velha bibliotecária que trabalha no 13º andar e que, cansada da vida, pensava em atirar-se de lá logo depois do almoço. Porém, depois de ver o mendigo, ela achou que o mundo ainda tinha surpresas para lhe oferecer e resolveu viver mais um pouco.

X.

O mendigo gigante entrou pela rua Marquês de Olinda, que não fica em Olinda, mas no Bairro do Recife, em Recife. Enquanto andava por entre o casario antigo, com a cabeça sobre os telhados, a rua foi sendo ocupada por policiais. Logo formaram um enorme cordão e ele estava cercado.

Então um tenente saiu de um carro, pegou um megafone e disse: "Senhor gigante, não se mova até segunda ordem."

O mendigo olhava para os policiais, para os carros, para as armas, e no seu rosto não se via temor nem fúria.

Deu um giro de trezentos e sessenta graus e viu que havia policiais em volta dele.

Então começou a andar na direção do tenente. Alguns policiais saíram correndo do lado do tenente, mas este preferiu ficar ali, parado, encostado em seu carro, talvez sonhando com uma manchete que dizia "Tenente para gigante sozinho e salva a cidade", se bem que, quando o mendigo estava a um passo dele, imaginou outra que falava "Tenente é esmagado pelo gigante e vira geleia".

Não aconteceu uma coisa nem outra. O descomunal miserável apenas passou sobre o tenente e seu carro com um enorme passo, sem esmagar um ou amassar outro.

O tenente, aliviado, ficou olhando o gigante se afastar em direção à ponte Maurício de Nassau, que foi construída em 1640 e possui quatro estátuas: Minerva e Ceres, Comércio e Justiça.

Então o mendigo parou bem no meio da ponte, segurou seu pênis e, sem se importar com o olhar das estátuas, começou a urinar no rio Capibaribe.

Seu mijo era como se fosse uma pequena cascata amarela e malcheirosa. O helicóptero da televisão continuava transmitindo tudo ao vivo, e vários homens que assistiam à cena desenvolveram um compreensível complexo de inferioridade.

XI.

O gigante seguiu em direção à Praça dos Três Poderes, em Brasília, a capital do Brasil.

Quando passou em frente ao Congresso Nacional, os deputados e senadores mal puderam acreditar no que viram. Uns pensaram que seus carros corriam perigo no estacionamento, outros, que o gigante seria um excelente cabo eleitoral.

No Supremo Tribunal Federal, os juízes olharam espantados para o mendigo e logo começaram a debater se não seria contra a lei possuir tamanho tão descomunal.

Por fim, caminhou em frente ao Palácio do Planalto, de modo que o Presidente e seus ministros puderam ver o colosso passar pelas janelas.

O Presidente ficou boquiaberto, coçou a cabeça, tirou o suor da testa e fez outros gestos que mostram que a pessoa está preocupada, sem saber o que fazer.

Naquele instante, dois pensamentos lutavam dentro de sua cabeça:

Um dizia que ele deveria parar o mendigo agora, nem que fosse preciso usar tiros e bombas.

Outro falava que, se o matasse, a oposição o chamaria de covarde, insensível, poltrão, desleal, traiçoeiro e assassino, o que seria uma marca para o resto de sua vida política.

Os ministros também ficaram quietos, apenas observando o imenso homem que agora estava ajoelhado em frente à sede do poder executivo e também os olhava, como se soubesse que estava sendo observado.

Só o Ministro de Defesa falou alguma coisa. "O Palácio está cercado por atiradores de elite. Se o monstro se aproximar, vamos atirar para matar."

Aquilo deixou os ministros, e mesmo o Presidente, mais tranquilos. Ele sabia que matar o gigante poderia ser o fim da sua vida política, mas era melhor perder a vida política do que a vida propriamente dita.

Depois o gigante ficou de cócoras bem no centro da Praça dos Três Poderes e começou a fazer um troçulho monumental, sólido mas levemente pastoso, que se enrolava sobre si mesmo à medida em que saía do gigante e caía no chão.

Mal ele se afastou, vários curiosos cercaram a nova escultura, mostrando que a curiosidade dos olhos é mais forte que o bom gosto dos narizes.

XII.

Neste instante o gigante já descia a avenida Castilhos França, em Belém. Talvez atraído pelo cheiro, ele ia em direção ao Ver-o-Peso, uma imensa feira livre com mais de mil barracas.

A área foi rapidamente evacuada, de modo que não havia ninguém no mercado quando ele chegou. Mas o gigante não estava atrás de gente. Nem do conteúdo do mercado: doces, raízes aromáticas, ervas de todos os tipos, temperos de todos os gostos, frutas de todas as cores. Ele se contentou com muito menos. Para o gigante bastavam as latas de lixo que havia por ali. Ele as revirava como se fossem pequenos copos, jogando todo o lixo no chão, separando algumas cascas e restos e levando-os à boca.

XIII.

Quando o mendigo gigante entrou no Terreiro de Jesus, no Pelourinho, em Salvador, simpáticos ambulantes, atléticos capoeiristas, turistas alemães, baianas paramentadas, discretos traficantes e sedutoras prostitutas se espremeram junto às casas coloniais.

Ele atravessou a Praça da Sé, pegou a rua da Misericórdia e passou em frente ao Elevador Lacerda, com seus 74 metros de altura e que transporta 20 mil passageiros por dia, numa viagem que lhes custa 5 centavos e 11 segundos. Quando a multidão viu o colosso houve um grande empurra-empurra. Todos queriam entrar no elevador ao mesmo tempo e só não houve uma tragédia porque o soteropolitano, por conta dos carnavais, está acostumado a ser multidão.

De lá pegou a rua Chile, que já foi muito chique mas hoje tem apenas lojas populares. Enquanto ele passava, alguns se protegiam com as sacolas, outros, as sacolas. Chegou então à Praça Castro Alves, onde há uma estátua do poeta que parece estar recitando ou pedindo dinheiro.

Dali o gigante começou a descer a Ladeira da Montanha, uma longa rua que faz a ligação entre a Cidade Alta e a Cidade Baixa e é conhecida pelo seu baixo meretrício, com casas centenárias transformadas em cortiços e bordéis.

Quando ele pisou na rua, as prostitutas que esperavam seus clientes ficaram desesperadas. Muitas correram para dentro de suas casas, outras se esconderam atrás de latas de lixo e duas ficaram atrás de um velho Fusca verde. Uma delas era muito bem-humorada, mesmo nas situações mais trágicas, como quando, ao fazer seu primeiro aborto, falou rindo para a enfermeira: "Se forem gêmeos, não vou pagar dobrado". Desta vez a risonha meretriz, ao ver o gigante passar, disse para sua colega de trabalho: "Ainda bem que não é meu cliente."

XIV.

Entrando na avenida Presidente João Goulart, em Porto Alegre, o gigante teve uma surpresa.

Quase em frente à chaminé de 104 metros da Usina do Gasômetro, que foi usina termoelétrica mas hoje é centro cultural, estava posicionado o 3º Regimento de Cavalaria de Guardas.

Cavalos, homens e metralhadoras estavam à sua espera. O Presidente não havia autorizado nenhuma ação, mas o comandante gaúcho achou que seria humilhante o gigante passar por sua cidade sem que houvesse uma resistência, e assim pôs o regimento na rua tão logo soube que o gigante andava pela cidade.

O mendigo parecia não saber o que fazer. Não havia como passar sobre aquele mar de homens fardados sem pisar em alguns deles, esmagando-os feito baratas. E talvez fosse isso o que o comando esperasse, apenas uma desculpa para disparar suas metralhadoras e fazer tombar o gigante.

Voltar atrás também não era uma boa solução, porque dar as costas a uma multidão armada é coisa pouco inteligente.

Seja por ter pensando nestas possibilidades, seja por não ter pensado em nada, o fato é que o mendigo gigante não se moveu, não demonstrando medo nem coragem.

O gigante e os policiais ficaram frente a frente, estáticos, por um bom tempo. O general não sabia se dava ordem de abrir fogo ou não. É que sem o ataque do gigante seria difícil de justificar os disparos. Ele poderia mentir e dizer que o mendigo atacou primeiro, não seria a primeira vez, mas ali havia muita gente olhando pelas frestas e era muito provável que alguma emissora de televisão estivesse gravando tudo.

Porém, nem sempre o subalterno espera a ordem do superior para agir, e entre os soldados havia um jovem, ainda com espinhas, que pensava seriamente em disparar sua arma. Era um garoto nascido longe dali, numa região de seca, que tinha vindo ainda pequeno para Porto Alegre com seu pai, talvez acreditando no nome da cidade.

Ele não foi brilhante na escola, não tinha talento para futebol, não possuía uma beleza fora do normal, nem algum talento especial. Sua sorte foi entrar para o exército, o que lhe deu casa, comida e uniforme.

Mas o rapaz tinha vontade de ser mais que um simples soldado. Ele queria ser alguém especial, alguém diferente, não um anônimo de uniforme verde como tantos outros. E, se ele matasse o gigante, ficaria conhecido em todo o país. Outros soldados lhe pagariam cerveja no bar, as moças olhariam para ele com admiração, quem sabe poderia se eleger vereador.

O soldado mirou bem na cabeça do gigante e ficou assim por alguns segundos, já sonhando com o imenso corpo caindo molemente no chão. Mas, quando ia disparar, reparou no que o gigante estava fazendo e seu dedo ficou paralisado.

O mendigo, olhando um imenso outdoor que fazia propaganda de uma marca de lingerie, tendo uma gigantesca mulher, quase do tamanho de nosso gigante, sentada em posição insinuante, começou a mexer no próprio membro, primeiro para frente e para trás, depois para cima e para baixo, sempre com os olhos fixos na propaganda.

Seu membro foi ficando cada vez maior, mais duro e mais ereto. Quando perceberam o que estava para acontecer, os soldados e seus cavalos foram abrindo espaço, espremendo-se em direção às calçadas como um mar que se abrisse em dois. Só quem não conseguiu se mover, paralisado que estava, foi o soldado que planejava atirar no mendigo.

Então um jorro de esperma saiu do gigante e caiu no asfalto, com exceção de uma enorme gota, que nem merece ser chamada de gota pois poderia encher um barril, e ela caiu justamente no soldado que planejara atirar no mendigo. Com isso, de certa forma o soldado conseguiu seu objetivo, pois ficou para sempre conhecido entre seus pares como O Brilhantina, porque, depois de tirar a grossa camada que o cobria, seu cabelo ficou brilhante e duro como se ele tivesse usado um litro do produto. Mas também havia quem o chamasse de Noiva do Gigante, de Espérmio da Silva, de Camisinha, de Balde de Porra, de Espermatozoide Ambulante, de Bebedor de Langanho, de Soldado Luxúria, de Branquelo e de outros tantos nomes que tanto atormentaram o soldado pelo resto de sua vida.

O que ninguém esperava, nem policiais nem gigante, era que os cavalos, ao verem o enorme mendigo, mijassem e cagassem de medo, o que fez do centro da avenida um lamaçal escorregadio e fedorento. Quando o gigante avançou e pisou naquela pasta, seu pé falseou e ele caiu com o joelho no chão, assustando os cavalos e os policiais, fazendo os primeiros empinarem suas patas e os segundos empunharem suas armas.

O joelho abriu uma enorme cratera no asfalto, e o asfalto abriu uma ferida no joelho gigante. Pingavam gotas de sangue que dariam para encher um copo. Ele se ergueu lentamente e lentamente foi passando entre as duas massas de homens e armas, com passos curtos, de apenas três ou quatro metros. Então virou à direita e deu mais alguns passou até que ficou de frente para o rio Guaíba.

Ali, o gigante olhou para si mesmo e viu-se sujo da poeira dos carros, de sangue, urina, esperma, excremento e restos de lixo. Então deu um salto gigantesco, o que é próprio dos gigantes, e caiu no meio do Guaíba, jogando água para todos os lados.

XV.

O gigante emergiu a dez quilômetros de Manaus, mais precisamente no ponto chamado Encontro das Águas, onde o rio Negro junta-se ao Solimões para formar o Amazonas. Junta-se mas não se junta, pois por uns seis quilômetros eles caminham sem misturarem suas águas. Lado a lado andam o leitoso Solimões e o límpido Negro, o rápido e quente Solimões, o lento e frio Negro, o marrom Solimões e o negro Negro.

Bem entre as duas cores surgiu o gigante. O rio batia-lhe pela cintura naquele ponto. Ele pegava a água do Negro com a mão esquerda e a do Solimões com a direita e jogava-as sobre os ombros e o peito.

Um barco de turistas que passava por ali sofreu as marolas provocadas pelo banho do gigante. Alguns turistas dispararam suas máquinas, outros pularam nas águas.

Para lavar a cabeça, ele decidiu submergir. Quando voltou à tona, estava na praia de Ipanema.

XVI.

Belas mulheres e musculosos homens saíram correndo para todos os lados. Quando ele finalmente saiu do mar, a praia estava vazia. Vendo a praia vazia, ele deitou-se na areia.

XVII.

Aproveitando que o gigante estava no Rio, o Ministro dos Esportes sugeriu ao Presidente que o gigante fosse levado para o Maracanã, o único lugar onde ele poderia caber.

O Presidente aprovou a ideia, mas então surgiu outra questão: Como levá-lo até lá?

Surgiram três propostas:

— um ministro, que gostava de filmes de ação, sugeriu que se usassem redes gigantes e helicópteros de carga para prendê-lo e carregá-lo;

— outro, que gostava de filmes pornôs, sugeriu que poderiam fabricar uma gigantesca mulher inflável e fazer o gigante segui-la até o estádio;

— e um outro, que gostava de comédias, por brincadeira disse que a solução era que fossem colocando moedas de onde ele estava até o Maracanã, e ficou surpreso quando vários ministros consideraram esta como a melhor ideia do dia.

Então o Ministro da Cultura levantou-se da cadeira e disse que tinha a solução, o que mostrava que a cultura não é uma coisa tão inútil quanto dizia o Ministro das Finanças, pois, mesmo num problema tão prático como este, ela poderia ter serventia, sem falar que contribuía sobremaneira para o aprimoramento das almas, das mentes e dos corações.

O Presidente, já impaciente com o Ministro da Cultura, que muitas vezes se desviava do assunto central, pediu-lhe que falasse rápido qual era sua solução.

—Vamos fazer como em "O Flautista de Hamelin"!

Como ninguém conhecia a história, o Ministro teve que explicar melhor o seu plano, que consistia em usar uma orquestra para atrair o gigante, que iria atrás da música.

O Presidente pensou um pouco, andando de um lado para o outro da sala, e então disse uma célebre frase, eloquente e precisa, objetiva e clara, tanto que um ano depois virou seu slogan de campanha:

— É isso!

XVIII.

O gigante levantou-se logo que começou a escutar a música. Era a Orquestra Municipal que tocava em cima de um grande caminhão.

A música escolhida, talvez numa tentativa de apelar aos sentimentos patrióticos do gigante, foi "Aquarela do Brasil", aquela que diz "Brasil, meu Brasil brasileiro, meu mulato inzoneiro, vou cantar-te nos meus versos...",

O caminhão começou a andar lentamente e o mendigo começou a segui-lo.

A orquestra continuava a tocar aquele segundo hino nacional na apresentação mais importante de sua existência, mas não a melhor, já que muitos dos músicos estavam nervosos, errando até as passagens mais simples. Eles só aceitaram o convite para tocar quando o Presidente fez pessoalmente o pedido, primeiro pedindo por favor, pelo bem coletivo e pela sobrevivência do país, depois ameaçando acabar com a Orquestra, porque vocês todos não passam de um bando de frouxos e eu não vou mais gastar dinheiro com música se ela não serve nem para tirar um gigante do caminho.

O discurso deu certo e os músicos aceitaram fazer o concerto para a plateia de um homem só, mas que, em compensação, possuía os maiores ouvidos dos quais se tinha notícia, quase duas conchas acústicas.

Fizeram um longo desfile pela cidade, como se fosse uma curiosa escola de samba que tivesse a orquestra por bateria, o caminhão por carro alegórico, a Aquarela por samba-enredo e o gigante como mestre-sala.

Entraram pelo estádio e foram direto para o campo, por uma abertura feita justamente para isso. Quando o mendigo estava no círculo central, a orquestra parou de tocar e o caminhão fez uma rápida meia-volta, dando um drible no gigante e saindo a toda velocidade pelo portão do estádio, que logo foi fechado.

XIX.

O Presidente e seus ministros, num avião a caminhão do Rio, discutiam sobre o que fazer:
Presidente: O que fazemos com ele agora?
Ministro de Ciência e Tecnologia: Talvez ele seja útil para a ciência. Quem sabe não encontraríamos a cura para os anões?
Ministra da Educação: Não somos doentes.
Ministro de Defesa: Podemos treiná-lo para ser soldado.
Ministro das Finanças: Ele não produz nada e vai nos custar uma fortuna por dia.
Ministro das Comunicações: Precisamos de um bom nome para ele. O que vocês preferem: Mendigão, Gulliver Brasileiro ou Colosso do Maracanã?
Ministro dos Esportes: Na semana que vem tem Fla-Flu, vamos precisar do estádio.
Ministro do Turismo: Talvez ele possa ser colocado num zoológico.
Ministra do Bem-Estar Social: Ele não é um animal.

Ministro da Saúde: Todos somos.
Ministra do Bem-Estar Social (para o Ministro de Saúde): E uns são mais que os outros.

XX.

Para que o mendigo não ficasse feroz ou tentasse fugir, colocaram uma grande quantidade de comida à sua disposição. Havia três porcos assados inteiros, quinze frangos, um caminhão de maçãs, cinco barris de água, vinte pés de alface e quinze de repolho, quatro caldeirões de sopa de legumes e cinquenta pães.

Mal ele viu aquela quantidade de comida, pôs-se a comer como se em toda sua vida houvesse comido apenas um saco de pipoca e restos de lixo.

XXI.

Da iniciativa privada também vinham ideias sobre o que fazer com o gigante:

• uma empresa farmacêutica ofereceu um bom dinheiro para que ele fizesse um comercial de suas vitaminas para crescimento;

• a rede de lojas de roupas para homens grandes O Elegantão propôs um comercial em que o gigante vestiria um terno feito especialmente para ele e diria: "Nas casas Elegantão só o preço é pequeno";

• uma rede de fast food propôs alimentar o gigante por trinta dias, desde que este fizesse um comercial sobre seu novo sanduíche, que teria o dobro do tamanho do normal. O slogan seria: "Experimente o novo sanduíche Maxi-Extra-Super, o único que mata fome de gigantes";

• uma emissora de televisão se propôs a fazer um reality show acompanhando cada segundo do gigante, programa que se chamaria Big Big Brother;

• e uma revista erótica gay queria que ele fosse o pôster central do mês.

XXII.

Já no Maracanã, o Presidente encheu-se de coragem, subiu num guindaste e ficou cara a cara com o gigante. Perguntou-lhe seu nome, de onde vinha e como tinha chegado àquele tamanho, mas o gigante nada respondeu. Apenas olhava fixamente para o Presidente com seus olhos enormes, vendo-o pequeno e frágil, subindo num guindaste para ficar mais alto e usando um megafone para ser ouvido.

Com o mendigo tão perto, o Presidente pôde ver coisas que de longe não se percebe. Viu que os poros de sua pele eram tão grandes que mais pareciam buracos de um campo de golfe, viu que ele tinha espinhas tão enormes que se alguém as espremesse poderia encher um pote de creme com aquela pápula purulenta, viu manchas do tamanho de um palmo, viu cicatrizes disformes, viu pelos de barba grossos como tufos de grama, sentiu o cheiro forte que saía do seu corpo, uma mistura de suor e sujeira que o banho no Amazonas não conseguiu tirar, viu seus dentes amarelos e cariados, cheirou seu hálito podre.

Quando finalmente desceu do guindaste, saiu pensando que os pobres e a pobreza, vistos de perto, são mesmo horríveis, e que eles ficam mais suportáveis quando são apenas números numa planilha.

XXIII.

À noite, enquanto o gigante dormia, o Presidente deu uma longa entrevista coletiva afirmando que o mendigo estava dominado, que os próximos passos seriam entender o que lhe acontecera e como ele poderia voltar ao normal. Também disse que este era um gigantesco país, com problemas gigantes, mas que nem por isso deixava de pensar na reeleição, pois ele também era um gigante, se não no tamanho, pelo menos no desejo de fazer do Brasil um bom lugar para todos seus cidadãos, onde eles pudessem viver em paz e dormir com tranquilidade.

XXIV.

No dia seguinte, o mendigo gigante acordou, comeu trinta e três pães, tomou três baldes de café com leite, e começou a andar pelo campo. Foi de uma trave a outra várias vezes (o que não é grande coisa, pois ele fazia esta caminhada em poucos passos), depois andou pelo círculo central e aí começou a percorrer o campo em diagonal.

De repente, ele cansou, sentou na marca do pênalti e ficou olhando para o céu.

As teorias para explicar tal atitude foram as mais variadas. Houve quem dissesse que ele era um alienígena e estava esperando a chegada de seus conterrâneos; houve quem achasse que ele era na verdade um enviado de Deus e estivesse perguntando algo como "Pai, por que me deixaste sozinho?"; houve quem pensasse que era torcicolo; e houve quem falasse que era só falta do que fazer, e por isso só lhe restava olhar as nuvens.

XXV.

O Presidente pedia soluções a seus ministros. Agora que já haviam conseguido prender o mendigo, o que fariam com ele?

O Ministro da Defesa sugeriu deportá-lo para o Saara ou para o Polo Sul, lugares em que há deserto e gelo, grandes vazios de gente onde o gigante poderia andar sem o perigo de pisar em alguém.

— Mas aí dirão que eu não soube tratar do assunto e fui covarde —, afirmou o Presidente.

O Ministro das Finanças logo sugeriu a criação de um novo imposto para a manutenção do mendigo, e o Ministro de Comunicação, sempre atento a dar nomes às coisas, disse que a nova cobrança poderia se chamar "Taxão".

Mas quem pagaria o "Taxão"?, perguntou o Presidente.

Depois de horas de debate, a grande solução veio da pequena Ministra da Educação. Ela sugeriu que, como a principal característica do mendigo era sua altura, os cidadãos mais altos é que deveriam pagar o imposto. E exemplificou dizendo que quem tivesse mais do que 1,90m deveria arcar com os futuros gastos.

A ideia agradou a todos porque tinha um bom motivo e alguma lógica, e há impostos que são criados com muito menos motivo e lógica nenhuma. A única pendência foi a do limite da altura, pois o Ministro dos Esportes tem 1,91m, de modo que, depois de algum debate, ficou estipulado que só pagaria o "Taxão" (ou "Imposto sobre excesso de ocupação vertical", segundo a nomenclatura oficial sugerida pelo Ministro das Finanças) quem tivesse mais do que 1,92m.

XXVI.

A noite chegou e, com ela, a lua cheia. O mendigo olhou-a por horas, sem sair da marca do pênalti. E, se seu pescoço se movia, movia-se muito lentamente, apenas para acompanhar melhor o satélite.

Quando ela estava bem acima do mendigo, ele se levantou e

esticou a mão, tentando alcançá-la. Mas o gigante não era tão gigantesco assim e não teve sucesso.

Por algum tempo ele continuou de pé, olhando a lua descrever seu arco. Mas, quando ela sumiu atrás dos prédios, o mendigo desesperou-se e começou a andar por todos os lados do estádio.

Foi até o portão, mas viu que ele estava fechado.

Então reparou nas arquibancadas. Correu para elas e depois por elas, subindo vários lances a cada passo. Quando chegou ao mais alto, quebrou a marquise como se fosse uma casca de ovo, pendurou-se para o lado de fora, soltou as mãos e estava na rua.

Obviamente havia policiais por ali e eles apontaram suas armas para o gigante. O colossal pedinte olhou para os policiais. Olhou-os nos olhos, de homem para homem, e ninguém teve a coragem, ou a covardia, de atirar. Então o gigante saiu correndo numa desabalada carreira em direção à lua, deixando os policiais paralisados por um instante, até que um pegasse o rádio e dissesse: "O gigante fugiu!".

Logo havia vários carros seguindo-o pelas ruas do simpático bairro da Tijuca. Mas o gigante, correndo muito, mudando de sentido de repente e saltando carros, era imperseguível, se é que existe tal palavra.

O mendigo chegou à estrada do Sumaré e subiu por ela. Alguns carros da polícia ainda tentaram ir atrás dele, mas as crateras que deixava no asfalto causaram tantas batidas que eles ficaram pelo caminho.

O gigante olhou para cima e viu a lua como um halo atrás da cabeça do Cristo Redentor, uma estátua de 1145 toneladas e 38 metros de altura.

Da estrada do Sumaré tomou a Estrada de Ferro do Corcovado e em mais alguns passos gigantes estava ao pé do Cristo.

XXVII.

Quando o mendigo gigante chegou em frente à estátua, não teve um instante de dúvida: cravou os dedos na estrutura de cimento e começou a escalada.

Enquanto subia, nem olhava para baixo.

Quando chegou ao topo da estátua, para sua tristeza, a lua não estava presa na cabeça do Cristo. Estava ainda mais alta.

Helicópteros armados com metralhadoras já voavam em volta do mendigo. Megafones ordenavam que descesse, caso contrário iriam atirar.

O Presidente, num dos helicópteros, torcia para que não houvesse nem um disparo. Não por amor ao mendigo, mas porque aqueles traços de fogo cruzando a noite seriam filmados por todas as tevês, e ele teria que explicar por que atirou no gigante. Mentalmente até já dava a entrevista: "Não tivemos outra opção a não ser atirar, posto que o gigante enlouqueceu, colocando em risco o patrimônio público, a propriedade privada e a vida dos meus compatriotas."

Alheio às futuras entrevistas, o mendigo continuava olhando a lua. Aos seus pés estava a mais bela vista da cidade, talvez do país, quiçá do mundo. Mas ele apenas tinha olhos para merencória luz da lua, que se movia com vagar e parecia se afastar cada vez mais do Cristo.

Então, com medo de perdê-la, o mendigo pulou.

Com seu pulo ele quebrou o recorde mundial de salto em altura, mas isso não foi suficiente para que alcançasse a lua, de modo que, depois de cessado o impulso inicial, o mendigo começou a cair no vazio. Sua aceleração em direção ao solo era de 9,8 metros por segundo e lá ele chegou a 95,2 quilômetros por hora.

O barulho da queda foi ouvido a quilômetros dali, e o tremor fez balançar os lustres de toda a cidade, fossem de cristal, vidro ou plástico. Abriu-se um buraco enorme no chão e o Presidente imediatamente começou a pensar se aquilo seria bom ou ruim para a imagem do país no exterior.

A morte foi imediata.

Durante os 2,7 segundos da queda, o mendigo não fez gestos desesperados, não tentou segurar-se em nenhuma sacada, não sorriu de alegria nem chorou de medo. Apenas caiu.

XXVIII.

Os policiais imediatamente cercaram o acesso ao corpo do gigante.

Enquanto o dia clareava, chegaram caminhões, tratores, guindastes e homens com serras elétricas. O gigante tinha que ser removido e, como não caberia inteiro em nenhum caminhão, teria que ser cortado em partes.

Como experientes açougueiros, os homens com serra elétrica foram cortando nas articulações. Na verdade eram cirurgiões dos hospitais da cidade que, naquele dia, em vez de fazerem suas operações costumeiras foram chamados para esta tarefa de emergência.

Primeiro lhe separaram os braços do tronco, de modo que ele ficou parecendo uma Vênus de Milo.

Depois cortaram-lhe as pernas, e estas tiveram que ser separadas em duas partes, na altura do joelho.

Abriram seu abdômen e dividiram suas entranhas em diversos caminhões. Num foi o coração, que não se sabe se amou ou não, noutro os pulmões, cheios do pó das cidades, num outro o enorme estômago, o mais insaciável dos órgãos, os rins seguiram juntos feito irmãos siameses, baço e fígado foram encaixados como amantes, pâncreas, vesícula e apêndice foram amontoados como cadáveres de guerra e os intestinos pareciam uma cobra sem fim. Só então cortaram-lhe a cabeça e, quando romperam a aorta, o sangue jorrou feito água de um hidrante.

O local ficou alagado de sangue, mas a Limpeza Pública logo foi acionada e um exército de homens com mangueiras e caminhões-pipa lavaram a região.

O sangue do gigante entrou pela terra, pelos bueiros e pelos ralos, espalhando-se pelos subterrâneos.

Cada caminhão rumou para um lixão (ou aterro sanitário, como dizem os papéis oficiais) diferente, não se sabe se por medo de que as partes voltassem a se juntar, ou se para que não houvesse um túmulo único que poderia virar atração turística e ponto de peregrinação.

XXIX.

Naquela noite, o Presidente, os ministros e os cidadãos de respeito dormiram tranquilos, sem nenhum mendigo em seus sonhos.

XXX.

Na manhã seguinte, quando o país acordou, havia mendigos gigantes espalhados por todo o Brasil. Milhares deles. E de todos os tipos: homens e mulheres, velhos e crianças.

Meninas pediam esmolas nos sinais vermelhos, meninos com flanelas tentavam limpar os vidros dos carros, mulheres vasculhavam as lixeiras, homens andavam sem destino pelas ruas.

Todos aqueles gigantes andando pelas cidades, sentados nas praças, banhando-se nos chafarizes e fazendo sexo pelos cantos deixou a nação em polvorosa.

A imprensa fez várias reportagens, usando todos os sinônimos para as palavras mendigo e gigante, como desvalido descomunal, esmoleiro desmedido, indigente ingente, lazarone gigântico, mendicante imenso, necessitado megascópico, pedinte monstruoso e sacomardo titânico.

O Presidente e seus ministros reuniram-se para decidir o que fazer com a horda de mendigos gigantes.

Um ministro sugeriu que eles deveriam ser mortos, mas logo perceberam que assim o país ficaria inundado de sangue.

Outro falou que os mendigos teriam que ser presos, mas logo se viu que não haveria prisões para todos.

Um outro disse que a saída era mandá-los para outros países, mas logo se deram conta de que os outros países não aceitariam tal presente.

Matar, prender e exilar estava fora de questão. O problema parecia não ter saída. Porém o Presidente mostrou por que chegara ao mais alto cargo do país e teve uma ideia brilhante, que revela o quão era ele conhecedor da alma dos homens. Disse o Presidente:

— Deixemos tudo como está. Daqui a pouco a imprensa não falará mais sobre os mendigos, as pessoas se acostumarão a vê-los pelas ruas e logo ninguém se lembrará deles. A solução é não buscar uma solução, como se isso não fosse um problema. Os homens se acostumam com tudo: deixam seu dinheiro em bancos e pagam por isso, votam em quem os oprime e rouba, aceitam que uns tenham tudo e outros, nada. Com o tempo se acostumarão com os mendigos e nem os verão mais como gigantes, apenas como parte da paisagem.

O Presidente foi longamente aplaudido pelos ministros, e as palmas foram acompanhadas de gritos como "Genial!", "Brilhante" e "Viva!".

XXXI.

Realmente as coisas aconteceram como ele previu. Aos poucos a imprensa foi trocando de assunto e as pessoas foram se acostumando com aqueles seres. Tanto que hoje em dia ninguém mais vê os mendigos gigantes. Mas eles estão lá. Em cada esquina.

ASSUM PRETO

PÁSSARO PRETO
[Siba]

Pássaro preto, craúna.

    Companheiro que me conhece pelo estalar dos dedos, pelo ritmo de meu andar pela casa, pela maneira suave que abro a porteira da gaiola para limpá-la e renovar água e comida. Pelo costume, sabe a posição habitual do cocho da ração e dos poleiros, que palmilha com pés habilidosos virando e revirando o corpo massudo com jeito de gente pensativa e preocupada que anda pra lá e pra cá com as mãos para trás. Craúna é pássaro que não pula, anda.

    Reconhece minha voz e tem uma combinação de assovios só para mim. Nem bem suspendi a gaiola e já anda de lado pelo poleiro, abaixando o corpo e peneirando as asas, krrr... cutíu, cutíu, tcháp, tcháp, fíííiu, pr-tchbí, tchbí, tchbí!!, respondendo aos estalos que faço com os dedos.

Não é possível que exista pena mais negra que a pena preta do pássaro preto, craúna. Se chama Lula, por lembrança daquele que o trouxe para mim, Luiz, meu pai, que em tudo que fazia parecia procurar um modo de reatar, para si e para os que o rodeavam, aquela ligação visceral que tinha com seu lugar de origem. Quando chegou, meu amigo já era cego como o da canção de Gonzaga, embora não por mão cruel de gente.

"Tudo em volta é só beleza/ Céu de abril e a mata em flor." Comparando, já da primeira linha da letra, o quintal desta casa, entre muros de alvenaria, postes e fios e fachadas e fundos de prédios perto e longe, em que vivemos eu e ele, parece um mundo bem menos atrativo visualmente. Entre guinchos e roncos de ônibus, carros e motos, buzinas, carros de propaganda, aviões chegando e partindo, vozes de gente apressada, rádios e tvs nas casas vizinhas, minha craúna tem um mundo auditivo bem mais intenso e agressivo que o de seu igual da música, embora nosso quintal, sombreado pelo velho flamboyant que boa parte do dia carrega nos braços sua gaiola, tenha para mim qualquer coisa daquele sertão de Gonzaga, agreste de meus pais e avós.

Lula me escuta os pensamentos. Nas primeiras horas da manhã, enquanto a cidade ao redor desperta lentamente, podemos, eu e ele, aproveitar um pouco do espaço silencioso para uma conversa de brisa, enquanto ouvimos os sons dos quintais das casas próximas do bairro que ainda boceja. Um ou outro madrugador já ligou o rádio, mas o som do programa *Bandeira Dois*, com o noticiário da violência urbana é tão pertencente à minha infância que nem parece ser o que é. Faz par com a vinheta do futebol domingo à tarde, passaporte auditivo para o passado.

São sensações que me agradam na manhã ainda tenra, mas não acordo cedo por elas. Bom mesmo é despejar pensamento na cabeça de Lula, e escutar vez em quando seu comentário. Meu juízo cheio já acorda a mil, mas costuma mirar mais no presente imediato ou no futuro urgente.

Mas tem dias que pergunto a mim, a ele, o que vem a ser essa vontade de encontrar ou retornar a um lugar, um tempo que não é nem o aqui nem o agora, uma sensação de que em algum lugar lá atrás uma linha que deveria ser reta deixou de ser, uma vereda passou a ser encruzilhada, achado virou perdido e depois disso, que eu nem sequer sei quando aconteceu, ficou tudo por pedaços, faltando sempre o resto, ou talvez, o principal. Eu mesmo já fiz tanto e fui tanta coisa que vivo me perguntando se um dia vou ter a sensação de ter chegado a algum lugar e ao menos parcialmente inteiro. O mundo ficou complicado demais, Lula? Ou é mais fácil entender o passado que o presente? E tu? Tens ainda lembrança e saudade do tempo liberto de braúna em braúna, rasgando ninho de abelha e furando fruta de palma? Ou do primeiro dono carinhoso, quando tu ainda enxergavas o mundo agreste lindo além das paletas da gaiola, aprendendo a trocar o igual pelo diferente, e até se afeiçoando a ele? Seu Luiz, meu pai, teu amigo original, tinha tantas contradições que, mesmo eu nunca tendo conversado com ele sobre o assunto, tenho certeza que sentia algo parecido.

— "A gente sai do sertão/ E o sertão não sai da gente…"

Lula usa o mote antigo pra me responder. Deixo ele pendurado ao sol, entro em casa querendo um gole do café que espalha o cheiro pra todo lado. Pensamento misturado com lembrança de meu pai sempre me dá alegria com tristeza trançada. Quando retorno, gozo Lula por ele não ter mais uma remanescente sequer das suas penas originais sertanejas. Sua muda anual, que começa pelas maiores da cauda e termina nas da cabeça, o deixa capiongo, lento e calado por várias semanas. Durante esse período, seu aspecto chega a beirar o grotesco. Por um tempo é um pinto preto suru, sem cauda, depois está de pescoço pelado, mais tarde com a cabeça cheia de canhões brancos, esvaziados das penas já caídas. A goela entupida completa o quadro meio ridículo, meio desolador da criatura que parece, a cada ano, deixar para trás mais um punhado de si mesmo para depois ressurgir ainda mais negro brilhante que antes. Termino com ironia:

— Tu és um pássaro-preto da capital, e faz tempo. Que pedaço de sertão permaneceu daí depois de tanta muda braba?

Lula agarra as bordas da banheira de plástico que acabo de colocar no fundo da gaiola e agita a água com rápidos golpes de bico na superfície. Alternadamente molha os pés, retirando-os sem demora, até que, talvez já preparado para a mudança de temperatura, entra de corpo inteiro na água, espargindo-a para cima de si por movimentos nervosos de cabeça e asas. Tudo num raio de meio metro ao redor se molha um pouco. Impressiono-me com a permanência atávica de sua postura alerta ao banhar-se. Mesmo na gaiola há tanto tempo e já cego, faz os mesmos movimentos velozes de baixar e levantar a cabeça de quando tinha visão, com certeza se apoiando na escuta e procurando reduzir ao mínimo o tempo em que fica vulnerável mergulhado na água. Tantos anos livre de predador não abrandaram esse comportamento. A gente sai do sertão e o sertão não sai da gente.

Lula pássaro preto é minha ligação material mais forte com Seu Luiz, meu pai.

Sua história sempre foi contada para mim a partir dos seus quinze anos, quando deixou o agreste para estudar, formar-se advogado e construir uma vida em família na capital, única possibilidade de crescimento para um filho de pequenos agricultores na sua época. Sua identidade, essa invenção que a gente constrói para si mesmo ao longo da vida, era uma imagem brilhante e quebradiça de homem moderno, urbano e bem-sucedido, sobreposta a uma moldura de madeira bruta, ainda mostrando os cortes do machado e soltando o cheiro da seiva original. Exercia com entusiasmo a profissão das leis, sentenças, artigos, decretos, contratos e processos mas não escondia a admiração subjetiva pelos códigos de honra, justiça e vingança sertanejos; achava que o Nordeste merecia iniciativa política, desenvolvimento e modernização, ao mesmo tempo vendo mais beleza num mundo original idealizado, do tempo de sua infância, de seus pais, seus avós. Buscou tanto manter esses laços ao longo da vida que em sua tentativa maior de retorno pulverizou quase tudo que juntou em patrimônio e economias num investimento em pequena propriedade rural que não deu certo — afinal de contas, era um advogado e não pecuarista ou agricultor... Tinha um assovio de flauta, que costurava os açoites dos galos de campina, os vó-víns dos curiós, os cró-crius dos concrizes, os esturros dos xexéus e as metralhas dos canários-da-terra que criou a vida inteira, levantando às vezes com o sol para cuidar de todos, um por um, acordando a gente com suas passadas pelo oitão do quintal, indo e voltando com as gaiolas e assoviando. Daí pra hora de levantar da cama, tomar banho, café e sair para a escola, já tínhamos escutado todo o seu repertório de canções prediletas assobiadas. Sucessos de

Nikka Costa ou Clara Nunes, temas do *Poderoso Chefão* ou do *Dólar Furado*, melodias de forrós de duplo sentido dos anos setenta, uma introdução instrumental do Quinteto Armorial, uma décima em martelo agalopado ou alguma música de Baiano e os Novos Caetanos. Meu pai era um homem do interior mas tinha acumulado na bagagem matéria cosmopolita demais para retornar a uma pureza qualquer que tenha imaginado, mesmo que inconscientemente.

Essa volta para casa talvez só tivesse sido possível por caminhos imaginários, elaborados pelas combinações sinuosas de algum processo criativo, coisa para a qual ele não se dedicou. Mas quando meu pai cantava alguma coisa de Gonzaga, embalado por umas doses em alguma festividade da família, ele chegava quase lá, nos levando todos juntos no passeio. E não deve ser à toa que Luiz Gonzaga e Seu Luiz estão ligados pelas entranhas, na minha lembrança.

O Rei do baião elaborou no exílio um gênero musical novo, com o qual devolvia às pessoas um pouco desse mundo original que tanta gente, já naquela época, se ressentia de ter perdido. Era uma estilização, um reprocessamento de música tradicional nordestina recosturada num novo ritmo urbano com uma nova sonoridade e uma combinação instrumental inédita. O timbre de voz anasalado devia ser uma marca importante da novidade. Nos estúdios de gravação, o Baião de Gonzaga tinha arranjos de grandes maestros em atividade no Rio de Janeiro. Era gravado pelos melhores grupos instrumentais de apoio, os então chamados "regionais", como era comum acontecer nas principais gravadoras multinacionais em operação no Brasil da época. Imagino que para os ouvidos de então, devia representar vitalidade, renovação, atualidade. Tocou e vendeu discos em todo o Brasil.

Gonzaga se inventou a partir de sua origem e seu passado, referências que ele mesmo havia negado, ao menos simbolicamente, ao deixar o sítio de seus pais em busca de vida própria no mundo lá fora. Para se sobressair no meio musical foi buscar na memória desse mesmo ambiente abandonado todas as armas e argumentos, criando uma síntese tão sedutora que gerou não só seguidores, mas plasmou um novo gênero musical, que por sua vez possibilitou um novo segmento de mercado na música popular. Cantou o passado e a atualidade dos problemas nordestinos, ao mesmo tempo exaltou e condenou sua moral nem sempre avançada, criticou a relação nem sempre amistosa ou justa com a região Sudeste, foi atropelado pela Bossa-Nova e carregado nos braços do Tropicalismo. O país foi mudando e escolhendo seus símbolos e Lula findou como representante de estilo "regional", hoje visto por muita gente como um tipo especial de mestre, de artista de "raiz"... No culto à sua personalidade, vale mais vê-lo e endeusá-lo como um Bob Marley de gibão e chapéu de couro do que buscar entender a grandeza criativa de uma obra determinante na história cultural de seu país, a partir do contexto em que ela foi elaborada, incluindo também aí os contrastes e contradições de seu autor.

Mesmo assim, para uma grande parcela da população nordestina, sua voz e sua imagem são ainda a bandeira maior de uma identidade. Seu nome não é esquecido, nem se admite sucessor.

No entanto, a morte do Gonzagão não me atingiu de maneira especial. Nesse tempo, quem estava ao redor dos vinte anos de idade ou se enquadrava no gosto comum do Axé e da Música Sertaneja, ou se gabava de ter uma postura crítica e rebelde em relação ao sistema, à indústria cultural, à mídia e sua manipulação etc. Ouvia rock, e o resto era resto e que se danasse.

Esse era o lado em que eu estava.

Por isso só senti que o tempo tinha levado de mim algo muito precioso quando medi a dor de pessoas de minha família. Gente que tinha os meus mesmos referenciais, a mesma história familiar de abandono do chão de origem e que, se não cultivava a mesma busca eterna de retorno simbólico de meu pai, se encontrava muito mais plenamente que eu quando o acompanhava. A música de Luiz Gonzaga, e mais, o simples fato dele existir, representavam uma espécie de passagem de ida e volta nessa viagem. E foi me sentindo tão distante do tão próximo, acordando para o que não via que estava a todo instante ali, que começei a querer emendar de novo o elo de uma corrente partida, que me ligaria de volta não ao reino perdido de Seu Luiz meu pai, mas ao meu mesmo, o meu reininho de banho de rio, pega de passarinho, leite no peito da vaca, apanha de umbu inchado, caçada de calango, carreira de tanajura, mesa grande farta com muita gente ao redor, história de cachorro doido ou cangaçeiro, pão doce na cozinha esfumaçada, a alegria depois das chuvadas, noite de estrela, sapo cururu, fogueira de São João, balanço armado na sombra do velho flamboyant, tanta coisa e coisa e mais coisa.

Diferentemente de meu pai, retornar à infância não é um caminho tão linear para mim. Ao contrário dele, eu guardo a contradição de dois mundos que se complementavam e se excluíam ao mesmo tempo e, se nunca foram conflitantes em minha percepção de menino, contrastam até hoje no concreto da vida real. Da cidade e do campo, urbano e rural, cosmopolita e tradicional, procuro eu também um retorno, mesmo que passageiro, a um lugar que não defino com clareza qual é, mas que às vezes me acolhe e ao qual pertenço por inteiro.

Interrompo os pensamentos quando ouço o som rasgado de garganta que Lula, o pássaro, usa para momentos de perigo. Já escutei este som em situações como gato arrudiando próximo ou gaiola exposta à aproximação iminente de chuva forte com trovão. É um gavião, me mostrando mais uma vez que, se o sertão não saiu ainda de todo de uma cidade grande como o Recife, que dirá de dentro da gente? Guardo Lula e a gaiola pensando o que é que meu pai ia pensar ao ver mais e mais fragmentos de seu mundo idealizado se desfazendo? Que é que ele ia achar se soubesse que, dos parentes que permaneceram na zona rural até hoje, os mais bem-sucedidos se dedicam ao comércio de produto chinês ou cd pirata?

Criar um passarinho agora é crime, Pai. Mas matar centenas com grandes pulverizações de agrotóxico e grandes queimadas, pode.

Imaginando você aí em cima, ou do outro lado, ou além, tomo a licença de assentar Luiz Gonzaga a seu lado para vocês ouvirem juntos meus pensamentos que nem Lula, o Assum Preto. Você por certo diria aquela expressão que era uma de suas favoritas:

— Êita Brazíizin danado!!

E nessa hora, como tudo que você dizia querendo aumentar a expresão, acabava parecendo um pouco com o Gonzagão também. Até sua cara redonda, mesmo o seu timbre de voz cantando de brincadeira a canção do Boiadeiro. O Rei do Baião podia terminar sorrindo e dizendo :

— Mas *esse* Brasil não existe...!

CHEGA DE SAUDADE

LATINOAMÉRICA: NOTAS DE VIAGEM
[Guilherme Wisnik]

Para Alexandre Dowbor, José e Juancito Traine

I.

Mais uma vez eu e ela. A primeira ou a última de tantas viagens que já não sabemos contar? Não importa, quero contá-las ao contrário, de cabeça para baixo. Viemos para cá sem pressa nem saudade, como quem vai deixando tudo pra trás na impressão de voltar para a casa. Porvenir, chama a cidade, situada na Terra do Fogo, extremo sul do planeta. Chegamos atraídos pelo nome. Algo difícil de explicar, mas talvez não tão complicado de entender, a não ser para os moradores do lugar, que não esperavam a chegada de alguém nessa noite de *réveillon*. Foi um acordo tácito, como um segredo que só nós dois partilhamos:

estar em Porvenir na virada. E também um álibi, a maneira mais direta de não precisarmos mais chegar a qualquer outro lugar.

*

Aqui, no futuro, as casas são de plástico em cores vibrantes, e multiplicam os jardins de flores da cidade: roxas, amarelas, laranjas, violetas, com pendões compridos e arqueados, que eles chamam de *bastón del obispo*. As árvores, coníferas, são podadas uniformemente em formatos arredondados, como se fossem picolés gordos, tentando em vão resistir à ação do vento. Na praça central, chamada "parque iugoslavo", em homenagem aos colonos que aqui se estabeleceram, vamos colhendo flores para oferecer a Iemanjá: "quem vem pra beira do mar, ai…, nunca mais quer voltar, ai…".

*

Puerto hambre, Isla desolación, Bahia inutil… Os nomes são tristíssimos. Mas nenhum é tão cortante quanto *angostura*, lugar onde atravessamos o Estreito de Magalhães, na entrada do canal junto ao Atlântico.

Estreitamento, afunilamento, passagem apertada etc. Uma linda palavra em castelhano, que me dói demoradamente, como uma angústia costurada. Talvez um canal uterino a ser vencido, no caminho de entrada em Porvenir.

★

Seria natural encontrarmos, na praça central de Punta Arenas, um monumento a Fernão de Magalhães. Mas eu, que não tinha lembrado disso, vi a imagem de pedra do "nosso" navegante português, com uma espada na cinta e uma corneta em punho, como um segredo familiar inadvertidamente exposto, e me lembrei de um mural paupérrimo que havia em Porto Seguro quando eu era criança. Aqui, essa história de viajantes foi incorporada à épica espanhola: Hernando de Magallanes, é o seu nome, e a altivez da figura é compatível com a monumentalidade do barroco de Castela. Curiosamente contrabandeado para o castelhano, ele passou a nomear a região, e também, por extensão, as tribos aborígenes que a habitavam antes do descobrimento, rebatizadas de *pueblo magallánico*. E eu, que não tenho nada com isso, vou saboreando as pronúncias, e as *personas* que, nelas, vão nascendo sem querer. Viajar é renascer em outra língua, numa impessoalidade que acorda sentimentos novos, com versos que vou recitando de memória como se viessem da infância, como se fossem meus: "*Compadre, vengo sangrando desde los puertos de Cabra. Si yo pudiera, mocito, ese trato se cerraba. Pero yo ya no soy yo, ni mi casa es ya mi casa.*"[1] Num instante, quero ser também magallánico, ou até quem sabe, ¿por que não?, o próprio Hernando em pessoa.

---

1. "Compadre, venho sangrando desde os portos de Cabra, Se eu pudesse, mocinho, esse trato se fechava. Porém eu já não sou eu, nem meu lar é mais meu lar." Federico García Lorca, *Romance Sonámbulo* (1924-27), em *Obra Poética Completa*. São Paulo: Martins Fontes, 2002, p. 360, tradução de William Agel de Mello.

*

Qual é a distância entre o Brasil e a América? De onde será que vem essa emoção estrangeira que me aparece através da língua? Perguntas lançadas ao vento aqui no vértice do continente, ponta de areia sem ponto final.

*

As nuvens parecem sopradas por um fumante paciente e caprichoso, que faz do céu uma tela azul polvilhada de bolinhas brancas fechadas, inconciliáveis e dispersas. Fico pensando na contradição entre esse desenho e o sopro contínuo do vento, que deveria alongar os gases, e me dou conta, num átimo, de que essa imagem talvez não se forme lá no alto. Pode ser, antes, um espelho fiel do território ao rés do chão: fractais de ilhotes, fiordes, canais e veredas entre cânions, *glaciares*, vulcões convulsos. A morte simultânea do paredão dos Andes e da horizontalidade dos pampas no momento em que se beijam, num istmo, entre o Atlântico e o Pacífico.

★

Tento em vão extrair respostas seguras do rapaz da Oficina Turística. O mar é muito agitado no Estreito? Quanto tempo leva a travessia? As estradas estão boas? Há sinalização? Procuro organizar frases elaboradas para conquistar a sua simpatia, mas numa inquietação confusa que só aumenta o seu fastio. Desisto de rodeios, e vou direto ao ponto: tenho que chegar hoje em Porvenir, é possível? Ao que ele finalmente consente responder, firme, como quem fecha questão: *aqui uno no sabe jamás qué es lo que va a pasar. Por eso es Patagonia.*

II.

Capa Rosa

Se o sertão não tem entrada
pode também não ter saída.

Na estrada, caminhos bifurcados
vultos se alongam
sombras repartidas
nenhum sinal de casa.

Por isso, nesse lugar, todo cuidado é pouco.

O sopro não vem do alto
mas da árvore de copa rasa.

Lá, Ele dança solto.

★

O ônibus teve de manobrar muitas vezes até entrar na balsa, no espaço estreito que lhe cabia. Pra lá e pra cá, vai o arranque preguiçoso do acelerador, com os pneus derrapando na areia. Vamos para São Romão, na margem esquerda do São Francisco, e o tempo dilatado da tarde te deixa cada vez mais linda. Mais ainda quando começa a cantar junto com o som do caminhão, em reflexo automático: "das lembranças que eu trago na vida, você é a saudade que eu gosto de ter. Só assim, sinto você bem perto de mim outra vez". Logo você, que parece não ter registro do passado, que não lembra da infância, que não retém o que aconteceu antes de ontem, desperta assim, do escuro, com as palavras certas, encadeadas, sem hesitação. E eu, que nunca entendi por que você me escolheu, fico na espreita, à espera de alguma dor adormecida, alguma história desmedida, antiga, colhida por acaso, uma confissão sem propósito.

★

Chapada Gaúcha é uma cidade nova, genérica, no alto do chapadão mineiro, perto de Goiás e da Bahia. "Liso", "raso", "tabuleirão", "terra de não se morar", dizem os sertanejos. A cidade foi construída por colonos do sul, que arrendaram os terrenos a preço de nada, incentivados pelo governo a ocupar essa região inóspita. E venceram. Com sua cultura sedentária, e admirável persistência civilizatória, impermeável aos mistérios e azares da vida, cavaram poços profundos e encontraram água, irrigando o "liso". Hoje, plantam braqueara e vendem semente de capim para o pasto. Os carros têm adesivos do Internacional ou do Grêmio, e as pessoas, mesmo sob o sol escaldante, não dispensam a bombacha e o chimarrão. A avenida Getúlio Vargas, com pistas largas de terra, sem calçada ou meio fio, e uma vala profunda no meio, aponta a linha do infinito, que deve ser a direção de Brasília, a apenas duzentos quilômetros daqui. Duas cidades irmãs na artificialidade, algo tão natural por essas bandas. Traços simples sem continuidade, esquemáticos, mais breves que essas notas.

★

Final abrupto da estrada de terra que nos trouxe para a divisa, meio-dia a pino. Agora, só um leve barranco, e a extensão imensa do São Francisco, no encontro com o Carinhanha. Do lado de lá, na distância, a Bahia. Embicamos no barranco, buzinamos sem convicção. Nada. Seu Alonso, pescador, me levou de canoa até a margem distante para chamar o balseiro, que precisou ser acordado. E eu, que vim de cidade em cidade colhendo evidências de uma transição gradual entre Minas e Bahia, percebi, de chofre, que a fronteira é uma barreira implacável. Manhã de quinta-feira, e os alto-falantes da praça central de Malhada bombam a voz de Ivete Sangalo para os quatro cantos. Nesse carnaval absolutamente cotidiano, homens veados, exibidos, debochados, abundam na rua ao meio-dia e meia, e os caminhos todos que descem na direção do rio estão amontoados de lixo e urubus. Nada disso existia até meia hora atrás, em Minas, durante tantos dias. Extroversão irreverente, negligência consentida. E o meu corpo, sem querer, logo imita essa sensualidade eufórica, e vai subindo ladeiras como quem obedece a um impulso apenas exterior, involuntário.

III.

Do alto do templo do sol, em Amantaní, dá para vislumbrar Copacabana, rainha do altiplano. Pelo espelho cristalino do lago Titicaca, imagino a igreja, e os peregrinos chegando para a festa em louvor da virgem que dá nome à cidade. Fico imaginando, também, os peixinhos a nadar nas profundezas do lago, que — dizem —, em noite de lua, sobem escondidos à superfície para cantar ladainhas tristes, antes de virar pedras. E, ainda, as viúvas que soltam seus cabelos verdes, e, nessas noites, correm nuas para o cemitério, na esperança de beijar seus mortos pela última vez.

★

Copacabana, Copacabana,
encuentro fatal.

Desde aquí la miro
a esta virgen tan contenta

alrededor del lago
en Sudamerica central.

¡Te saludo, Copa!
Justo en el momento claro
en que llevas a la boca
una hoja de coca.

*

Ollantaytambo é um vilarejo que mantém o traçado exato da cidade inca, com um desenho ortogonal, definido por ruas e muros de pedra uniformes e a prumo. Rente a esses muros, de ambos os lados, circula água corrente, onde se lava pratos e roupas. Pinguelas também de pedra vencem os canais em direção às portas, que encontramos sempre fechadas. Caminhamos emparedados ao longo de quarteirões longuíssimos, com poucos cruzamentos transversais. A sensação é estranha: quanto mais você penetra na cidade, mais fora dela se sente. De repente, já no final do dia, uma porta aberta descortina outro mundo:

um amplo quintal com árvores, animais, pessoas, casas de adobe espalhadas, e outras portas ao fundo. São duas estruturas sobrepostas. Por fora, uma urbanização rígida, geométrica, solene. Por dentro, a dispersão rural, informal, disforme. Duas faces de uma mesma moeda, já tirada de circulação.

*

Águas Calientes não é acessível por estradas, apenas por trem, de maneira a se poder controlar o fluxo de chegada em Machu Picchu. Deixando Ollantaytambo, são quase duas horas de percurso, ao longo do Vale Sagrado do rio Urubamba. Espaço de tempo em que, milagrosamente, as arestas eriçadas e pálidas dos Andes vão submergindo na floresta, no bafo escuro da umidade, no desgaste antigo das pedras arredondadas. A chegada, no final da estrada, é surreal: a cidade é uma tripa de hotéis e restaurantes ao redor da linha férrea, atravessada freneticamente por gente carregada de malas no meio da noite. Demoramos a nos dar conta do que está acontecendo. São pessoas de todas as partes do mundo preparando-se para a manhã seguinte, para algo que, por enquanto, é ansiedade difusa. A recepcionista do hotel se desculpa por nos oferecer o quarto dos fundos, que já fica praticamente dentro da floresta. E, à medida que avançamos pelo corredor, e sentimos diminuir o burburinho ruidoso da chegada, acordamos para o essencial: o ronco indiferente e avassalador do rio, em quedas violentas, como se um gerador estivesse ligado na potência máxima. Na escuridão da madrugada sem estrelas, o breu é impenetrável. Mas, pelo som, a geografia se desenha sem dificuldades, e a montanha pulsa viva diante de nós.

★

Cusco

En la penumbra viven los muertos;
de la tierra al cielo viven
en el vuelo del cóndor.
— *Ahora ya no. Están sepultados bajo las piedras.*

La vida presente está en el água;
en el movimiento de la sierpe
que en sus vueltas alimenta las fuentes.
—*¿Movimiento? Se ha fijado todavia.*

Sobre todos reina el sol;
la luz felina del puma
con su corona dorada.
—*¿El diós? Hace mucho está mudo.*

En la trilogía inca no hay síntesis
sino que la ciudad misma del Qosq'o
con su ubicación sagrada:
ombligo del mundo.

IV.

México e *Tenochtitlán*, dois nomes para a mesma cidade. Aqui a violência é o motor da experiência diária. Conquista e sacrifício, monumentalidade e humilhação. Construída sobre o antigo lago sagrado, a cidade é um magma vulcânico de pedra escura, como um sangue coagulado.

*

Na entrada da aldeia de Chamula, homens bêbados parecem troncos caídos à beira da estrada. Na praça central, as mulheres vendem alimentos, animais, roupas. Carregam os filhos amarrados no corpo, e andam descalças, porque só os homens usam botas. A violência está no olhar que te evita enquanto pede esmolas em lamentos chorosos. E a exuberância de cores nos vestidos, mais a riqueza da ornamentação corporal, não escondem a resignação atávica fundamental no brilho frio dos seus dentes de prata. No fundo, a violência maior somos nós mesmos. É a nossa presença invasiva, aceitável apenas na medida em que é absolutamente alheia.

*

No interior da igreja, as imagens do catolicismo estão radicalmente subvertidas. A sensação é estonteante. Uma multidão de gente é atendida por curandeiros sentados no chão, com galinhas amordaçadas. Os bancos foram retirados, e o piso de madeira recoberto de folhas. No ar, uma fumaça de turíbulo, com seu cheiro adocicado e embriagante, lembra as missas tradicionais. E nos nichos laterais, os santos são mantidos intactos: Sebastião, crivado de flechas, Antônio, coroinha, Benedito, negro... Resta saber a que símbolos essas mesmas imagens são associadas agora. Atravessando a "procissão", seguimos pela nave até o altar, no fundo, onde se acumulam os objetos mais sagrados do culto: garrafas e mais garrafas vazias, transparentes, de Coca-Cola, bebida durante o ritual de cura. Ídolos pagãos e *ready-mades* de uma instalação minimalista, saltando acintosamente a intermediação espiritualista da fé cristã.

*

San Cristóbal de las Casas

El laberinto de casas
apiñadas sobre montes
se descubre con la llegada al revés
por la aldea
camino que serpentea
donde nuestra plaza colonial
roja y amarilla hacia el poniente
es maqueta de cristal.

V.

Sonhei que era exilado, e tinha que partir para Buenos Aires em poucos dias. No sonho, não havia propriamente angústia, e eu tentava concentrar-me nos aspectos bons, naquilo que poderíamos fazer lá, na inversão completa de nossas vidas. A certa altura, pensei que a vantagem maior seria que, depois de algum tempo, talvez eu terminasse escrevendo o meu "poema sujo"[2], acordando pessoas queridas perdidas no passado, e mergulhando da forma mais natural possível nas memórias da minha cidade, e na intimidade da minha língua. Ao acordar, percebi que dialogava com essas notas, e senti que se a viagem, de um lado, é uma ação de disponibilidade elástica para as coisas, a escrita, de outro, formula uma experiência de separação radical em relação a elas.

*

---

2. Longo poema de Ferreira Gullar sobre sua cidade natal: São Luís do Maranhão. Escrito em 1975, durante o seu exílio em Buenos Aires, o poema foi trazido clandestinamente para o Brasil por Vinicius de Moraes.

Es nuestra última noche
tu duermes a mi lado
embalada por un canto grave
que llega a intervalos largos.

¿No era yo que te acurrucaba?
Ahora no. Es la *paloma cuculí*
con su canto triste de apareamiento.

Deseo encontrarte en el sueño
decirte una vez más que te quiero
desnudarte mis pensamientos.

Pero es inútil
porque siento que cada vez que regresamos
como en esta noche
te pierdo lentamente.

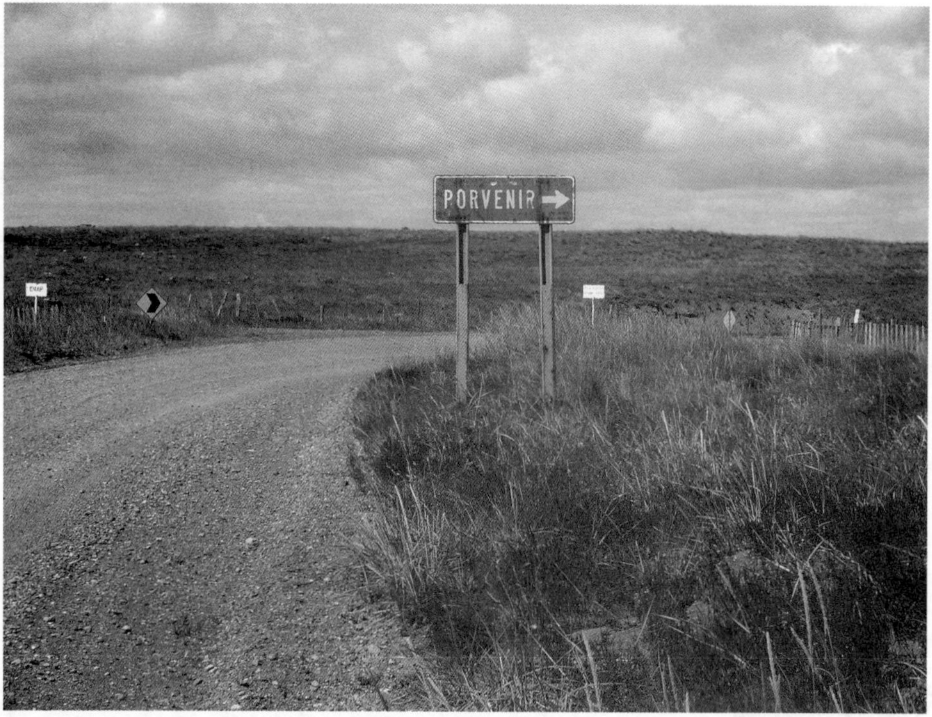
PORVENIR

CONSTRUÇÃO

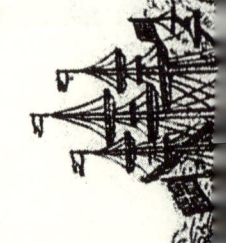

MEMORIAL DESCRITIVO
[Amilcar Bettega]

O que vou contar aqui é apenas uma parte da história. Parte de uma biografia. Que os fatos sejam ou não verificáveis não importa, não vai ser meu problema. Uma história é sempre uma biografia. Contar é antes de mais nada lembrar, vestir o corpo nu e virgem de nossa memória, construí-la contra o esquecimento e a eventual gratuidade de uma experiência que é única e pessoal. Contar é sempre uma forma de se contar.

Não fosse o convite do organizador desse livro para escrever um texto que abordasse o contraste entre aquilo que acalentamos em sonho, aquilo que imaginamos para nós mesmos e o que de fato é, e o que de fato somos, essa parte da minha história talvez ficasse ainda mais um tempo guardada. Mas tenho certeza de que um dia, cedo ou tarde, eu seria empurrado de volta àqueles anos de fim da faculdade e início da carreira profissional, o que aliás tem muito a ver com o embate entre o que se idealiza e a chã realidade. Ideal x real, é também isto o que está na base da literatura, ou do trabalho do escritor. A construção do texto. Tem-se em mente alguma coisa que se deseja expressar, toma-se a caneta, o papel e começa-se a escrever. Mas o texto é sempre uma adaptação do ideal. O texto é texto, inventado para expressar algo que não é texto. Não existe palavra exata, portanto não existe palavra verdadeira. A escrita vai ser sempre o resultado de uma fuga, uma mentira. Escrevo e não avanço. Ou melhor, avanço em outra direção.

*

Um dia pensei um conto que começaria assim:

Projetar uma obra é muito diferente de realizá-la. Todos os engenheiros de obra que conheci nutriam pelos arquitetos um doce desprezo que se traduzia por certa complacência com que obedeciam seus croquis, suas plantas, suas soluções de gabinete, seus sonhos ingênuos embalados pela fragrância de lavanda de um escritório asséptico e de luz fria, pelo rumor constante do ar-condicionado. En-

genheiros de obra são homens do terreno, do corpo a corpo, que pisam no barro e transpiram sob o zinco dos contêineres que lhes servem de escritório.

Fui engenheiro. De obra. E o que vou contar aqui faz parte da biografia desse engenheiro, uma parte da minha história. A época é o fim dos anos 80 e estamos no sul do Brasil. Extremo sul. Mais precisamente na fronteira entre o Brasil e a Argentina, na cidade de Uruguaiana, a 630 quilômetros a oeste de Porto Alegre. Gosto das precisões, é um resquício da predileção pelas ciências exatas que me acompanha desde a adolescência e que, depois, na falta de uma convicção vocacional mais firme, acabou me empurrando para o curso de engenharia. Além disso, dados precisos ajudam a assentar o relato, me dão mais segurança na hora de relembrar momentos que hoje, quase vinte anos depois, e no instante mesmo de relembrá-los, vejo-os cercados de dúvidas a tal ponto que já não sei se o que lembro se passou de fato como eu me lembro ou se o que lembro é uma invenção, uma justificativa, uma desculpa que serve de parede a encobrir uma verdade mais profunda, que eu sei inacessível. Mas o certo é que são lembranças que pertencem a um período infeliz da minha vida, um período em que acreditei, ou fingi acreditar, que o caminho que escolhera era o mais adequado para me conduzir à realização daquilo que projetara para mim.

Até que um dia eu pensei um conto. Mas isto já é outra história.

★

Nasci em 64, ano emblemático para a história do nosso país, mas já tão desgastado pelo uso indiscriminado que o ponho aqui apenas como dado biográfico, para que o leitor se situe um pouco em relação a essa voz que vai lhe contar a história — e feito isso, convido-o ao esforço de abandonar, desde já, qualquer outro tipo de referência.

Eu estava portanto no frescor dos meus vinte e poucos anos em 87, quando depois de me formar em engenharia civil pela Universidade Federal do Rio Grande do Sul comecei a responder a todos os anúncios que eram publicados nos classificados dos jornais e que ofereciam vagas para engenheiros. Já havia sido explorado como estagiário em algumas construtoras antes de me formar e rapidamente percebi que continuaria a sê-lo como recém-formado em outras ou nas mesmas firmas.

Lembro ainda da entrevista de seleção, nas acanhadas instalações de uma construtora em Porto Alegre que, contudo, crescia a passos largos e que dois anos depois se instalaria em uma sede própria, novinha em folha, projetada e construída para este fim, e cuja obra eu mesmo terminara, sendo o último de uma longa lista de engenheiros-responsáveis-pelo-canteiro que iam embora todos, ou eram mandados embora, por incompatibilidade com o dono da construtora, o chefão, figura curiosíssima do ponto de vista psicológico: arrogante, prepotente, do tipo que semeava o terror entre seus empregados à força de uma necessidade permanente de autoafirmação que na prática podia assumir tonalidades perversas quando, não raras vezes, descambava para a humilhação pública. Tão ambicioso quanto sem escrúpulos, encarnava o protótipo do empresário escroque que, não sem razão, povoa o imaginário da sociedade que eu ia dizer brasileira mas que corrijo a tempo: o imaginário de toda e qualquer sociedade formada na sua maior parte por pessoas que trabalham honestamente e em troca de um salário que, elas sabem, nunca as enriquecerá; crença que, com os pesos da desilusão e do cansaço que os anos trazem, acaba derivando para uma segunda variante, mais radical e um tanto rancorosa, ainda que com largo fundo de verdade: a de que nenhum trabalho honesto é capaz de enriquecer quem quer que seja. Corria a história que o homem fora criado por um casal de tios com bons recursos materiais, e que mais tarde, através de uma falcatrua financeira, apoderara-se dos bens desses mesmos tios que, para fechar a intriga ao feitio do pior dos dramalhões, terminaram seus dias sem nenhum tostão num asilo para idosos. Histórias. É fácil contar histórias. Mais difícil é contar a própria história, ou contá-la de forma que haja um sentido em contá-la.

*

A obra de Uruguaiana era a grande obra de uma empreiteira que sonhava alto, a maior até então já contratada, motivo de orgulho para todos os funcionários que "vestiam a camisa", como gostam de falar os diretores, tanto os das construtoras como os de clubes de futebol. A partir daquela obra a construtora assumia um outro porte, passava a um outro patamar. E concretamente: o valor do contrato representava a soma de todos os contratos que normalmente eles conseguiam fechar durante um ano inteiro. Tratava-se de um enorme terminal de cargas de uma empresa de transportes internacionais, e dois engenheiros foram designados para tocar o canteiro: um já com alguns anos de experiência — sênior, no jargão das consultorias de recursos humanos —, aquele que respondia junto à direção e ao cliente pelo andamento da obra e por tudo o que se passava no canteiro, e outro que estava iniciando, o júnior, mas em quem, no entender dos diretores (e dos consultores RH), valia a pena investir e formar. Ele, o júnior, estava lá para auxiliar e aprender, para repassar ordens mais do que para dá-las ou executá-las.

E ele, no caso, era eu, que trazia no currículo duas pequenas obras já finalizadas para essa mesma construtora, e que tinha poucos anos de formado e era jovem e ingênuo o suficiente para engolir o discurso RH de que o investimento era mútuo e que isso em parte justificava o salário oferecido, que, reconheciam, estava aquém do salário de um engenheiro — razão pela qual na página 17 da minha carteira de trabalho está anotado que nesse período da minha vida exerci as funções de estagiário de engenharia, mesmo que à época eu fosse já titular de um diploma superior. Dentro desse mesmo *modus operandi*, o salário "de engenheiro" anotado na carteira do sênior era o mínimo regulamentar, que era completado por um pagamento por fora e em espécie, sem nenhum rastro contábil.

Nada disso é novidade para quem conhece um pouco o meio da construção civil. Aliás não tenho a pretensão de contar aqui o que ninguém conhece. Toda a gente sabe que no Brasil a posição do empregado, em quase todos os níveis e setores, é antes de mais nada uma posição de fragilidade. Se alguém um dia sonhou com algo diferente, a esta altura já deve estar bem acordado e encarando o pesadelo.

Montar um canteiro com 250 peões em uma cidade da fronteira oeste gaúcha, por exemplo, pode virar um pesadelo, ou ser mesmo a própria construção do pesadelo. É preciso buscar gente nos arredores, colocar anúncios nas rádios das cidades vizinhas, recrutar o pessoal nas vilas, bater à porta das casas e trazer de camionete. O grosso da mão de obra, portanto, vem de fora, gente que deixou a família longe, gente que estava sem emprego, gente acostumada ao campo e ao manejo do gado e que de repente vai se ver com uma pá e a colher de pedreiro nas mãos. Então é preciso acomodar todo esse povo. Constrói-se um grande alojamento: enfileiram-se ao longo do canteiro barracos de 3 x 4 em placas de compensado e com dois beliches de dois lugares cada um, o piso é de tijolo, e um kit "vaso sanitário-pia--chuveiro" é intercalado a cada conjunto de 6 barracos. Faz-se um refeitório grande o suficiente para receber os 250 de uma só vez durante a hora designada para o almoço. E já um pequeno rumor de vida começa a se instalar. De dia o trabalho duro, a fatiga dos músculos, à noite a recompensa de um prato de arroz, frango e batata, talvez o baralho, uma viola e a cachaça. À medida que a obra vai ganhando forma dia após dia, criam-se relações de amizade, de hierarquia, de liderança, de submissão, de inveja. Ambiente integralmente masculino, o canteiro que tem peões alojados guarda certo paralelo com a prisão. Espaço e liberdade reduzidos, ausência de privacidade, instalações precárias e insalubres, isolamento da família, álcool, homossexualismo, disputa de poder, intrigas, rixas pessoais, troca de influências, ou seja, tudo o que corrompe e ao mesmo tempo sustenta um ambiente deste tipo, tudo o que é capaz de torná-lo um pesadelo e ao mesmo tempo de mantê-lo num nível aceitável de pesadelo, impedindo que a coisa estoure de vez.

Mas só agora, lembrando e escrevendo, é que consigo enxergar dessa forma a experiência do canteiro. E sinto que é só deixando que as lembranças e as palavras me venham é que vou descobrir o que de fato significou essa experiência e o que de fato quero contar. Sei bem que se eu fosse seguir à risca o que me foi solicitado, seria aqui o ponto onde me concentrar: o peão de obra, o trabalhador brasileiro pendurado nos andaimes de uma estrutura perversa que se serve dele próprio como andaime e cimento e ferro. O trabalhador brasileiro? O peão de obra?

E quem são os pingentes? Quem são os bêbados? Quem são os príncipes? Quem são os náufragos? Quem são os pássaros? Quem são os tímidos? Quem são os flácidos? Quem são os pródigos? Quem é o público? Quem é o tráfego? Quem é a máquina? Quem é o máximo? Quem é o próximo? O trabalhador brasileiro? O peão de obra?

*

O velho lobo do mar. Raposa velha, tarimbado por anos de trecho, sempre uma piadinha na ponta da língua, amigão da peonada, do mestre de obras, carcará na espreita. O homem se aposentou numa dessas empreiteiras grandonas que constroem quase que só para o governo, licitações milionárias, números gordos. Lá, não devia ser peixe grande, mas aprendeu direitinho. Todas as manhas, todos os recursos, principalmente os ilícitos. Andara por todo o Brasil, o Brasil dos fundões, mas frequentara também alguns gabinetes e aprendera que por tais circuitos a via torta é sempre o caminho mais curto.

Pois se aposentou e foi vender a experiência. Foi apresentado como supervisor geral de obras, num grande almoço organizado para este fim com todo o quadro de engenheiros. Era o homem que iria ao campo, visitar as obras, fazer a ponte entre os canteiros e a sede, sempre em ligação direta com o chefão.

Na primeira visita, no primeiro dia, convidou o fiscal da obra para jantar. Era preciso conhecer aquele que todos os meses liberaria as faturas. A identificação foi rápida, pois o dito fiscal fazia também o tipo bonachão, esperto, anos de praia. Contratado pelo dono da obra para supervisioná-la em tempo integral, era o olho do cliente no canteiro. O tempo todo lá, com escritório montado e tudo. Mas também ele estava ali como nós e como todos: longe de casa, respirando obra a semana inteira, entre noites de hotel e a comida de qualidade média de restaurantes médios de cidades médias no interior profundo do Rio Grande do Sul.

Fomos os quatro: o sênior, o velho lobo do mar, o fiscal e eu. Nenhuma palavra sobre trabalho. Caipirinhas antes do espeto corrido e muita cerveja durante e depois. Piadas, histórias, principalmente em torno de mulheres, principalmente putas: as aventuras do macho longe de casa, liberado momentaneamente da prisão familiar de um casamento insosso: o homem do trecho. Evidentemente terminamos a noite na zona. No outro dia, cara inchada, estômago embrulhado, fígado maltratado, a cumplicidade já estava estabelecida, éramos todos velhos companheiros de farra.

Para falar a verdade, nunca soube se o tal fiscal teve outra coisa além dos jantares regados a muito álcool e as noites de putaria que se repetiam a cada visita do velho lobo do mar a Uruguaiana, ou seja, no mínimo uma vez por mês, e sempre um pouco antes da data prevista para a medição dos serviços e respectivo faturamento.

Tinha o perfil do venal. Ou melhor, passava essa impressão, porque de concreto nada se podia afirmar. Eu, pelo menos, não podia e nem posso afirmar nada. Tinha a "lata", a "pinta", um certo brilhozinho no olhar, mas é tudo. Eu não poderia ir além disso. Não era por aí. O homem era outro.

*

O homem, o chefão, trabalhava sério. Ninguém me contou, vi com meus próprios olhos. A campanha para governador do Estado estava polarizada, como sempre são as coisas no sul. Ainda antes do primeiro turno já se sabia quais seriam os dois candidatos que disputariam o segundo. Mas sempre chega um momento em que a campanha se acirra. E quando uma campanha se acirra, todo mundo sabe, o que mais se precisa é de dinheiro. Busca-se em qualquer lugar, desesperadamente, sem considerar a procedência. Pois o homem, o chefão, estava agarrado aos dois candidatos, namorou, bajulou, emprestou carros, pôs à disposição a estrutura da empresa, fez parte da equipe informal de colaboradores que organizava os planos de governo, prestou favores. Aos dois e ao mesmo tempo. Um dia vi. Era um que chegava pela porta da frente, cumprimentando as moças da recepção com aquele sorriso chapado que têm todos os políticos em campanha, enquanto o outro saía da garagem num carro com chofer e talvez algum assessor, submersos todos numa escuridão de vidros fumê.

Até que a coisa clareou. As pesquisas começaram a mostrar a evidência, a gangorra pendera definitivamente para um lado, não havia mais volta. Pois também lá com o homem não houve mais volta. O candidato que ficara para trás, ali não era mais recebido. A torneirinha fechara, agora correndo apenas para um lado.

Já não sei qual foi a pasta, mas imagino que dois ou três cliques num *site* de busca na internet vão nos dar o nome da secretaria que o nosso homem comprou. E o ano de 1991 iniciou com o chefão posando de secretário de Estado, no seio do governo, dando as cartas.

Foi o seu apogeu. Dizem que suas ambições apontavam mesmo

para o governo do Estado quatro anos mais tarde, mas durou pouco a carreira política do maior picareta que já conheci. Tinha demasiado rabo preso, nem sei se completou um ano na equipe do novo governo. Foi devorado por uma máquina de triturar gente muito mais poderosa do que a dele. Não sei que fim deu. Perdi-o completamente de vista quando resolvi me olhar de frente e ir atrás do que há anos me parecia pura fantasia. Porque no fundo, a verdadeira farsa era aquela minha realidade, ali, naquele momento. E se isto aqui é a história de uma farsa, de uma covardia, não é a dele, que deixarei talvez para uma outra vez.

    Mas farsa ou não, covardia ou não, achar o tom certo para contar é sempre difícil. Talvez me bastasse desde o início partir para um conto ou outra ficção que ostentasse claramente esse pressuposto. Mas seria um truque fácil e de resultado duvidoso. Escolher a forma de um relato é decidir o que ele vai relatar.

*

Era uma sexta-feira, isso é certo, e acho que agora conto. Era dia de pagamento, e dia em que não se faz serão na obra. Às cinco da tarde o canteiro se esvazia e um grande silêncio desce sobre o local. Tem-se a impressão de que alguma coisa muito grande adormece. Todo o furor, toda a agitação, todo o barulho de britadeiras, furadeiras, betoneiras, guinchos, guindastes, gruas, serras e martelos pneumáticos, tudo se cala, se recolhe, e a obra se abandona a uma espécie de silêncio mineral, que de tempos em tempos os passos lentos do vigia ou o rádio ligado em um dos barracos cortarão. A obra repousa, há como que uma passagem para outro nível, e parece que aí ela ganha alma, um traço quase humano.

Por isso, sempre que me recordo desse dia e da rápida conversa que tive com o homem, o outro, vem-me a impressão de que ela, a obra, nos escutou, que algo ficou registrado em sua memória. Nunca mais voltei ali, naquele preciso local, acho mesmo que nunca mais voltei a Uruguaiana, mas tenho a impressão de que se ainda hoje eu colocasse os pés naquele canto do pátio, ouviria o murmúrio daquele espaço a trazer de novo até o meu presente o que os anos tornaram apenas uma lembrança difusa.

Foi na parte externa do que seria mais tarde o grande pavilhão de armazenagem das cargas, próximo ao (que seria mais tarde) conjunto de oficinas para a manutenção dos caminhões. Duas construções que até então só existiam nas nossas cabeças de engenheiros e mestres de obras que tinham já decorado todos os traços de todas as plantas que manuseávamos diariamente, e que ainda por cima dormiam pregadas nas paredes de compensado do escritório e em nossas retinas cansadas. Estávamos longe ainda de começar a fase de pavimentação externa, por isso havia montes de terra revirada por todos os lados. Íamos iniciar os aterros para depois assentar o "pavi-s", e por isso também aquela montanha de pequenos blocos de concreto em forma de "s", que fabricávamos no próprio canteiro. A terra e os blocos nos cercavam criando uma espécie de oco, uma cápsula que nos acolhia ao mesmo tempo que nos isolava de tudo o que se passava à volta. A pavimentação da extensa área externa representava o item mais substancial do orçamento, e por isso não podíamos descuidar, era ali que a obra poderia se tornar extremamente rentável. Por isso todo o orçamento fora montado em torno daquele item e de sua relevância.

Por isso ele estava ali. O cliente sabia que também não podia descuidar. Por isso ele fora contratado, para atestar sobre a qualidade dos aterros, já que o assunto extrapolava a competência do fiscal e que, ao contrário, era a especialidade daquele modesto funcionário da sucursal do DAER na região, onde ingressara por concurso público ao fim de um curso profissionalizante de técnico em edificações, com a intenção e a certeza de lá ficar a cumprir suas horas em troca de um salário que nunca seria grande coisa e a bater o ponto por anos a fio até a aposentadoria sem que ninguém o incomodasse muito.

Por uma astúcia na forma de apresentar o orçamento, o item da pavimentação poderia ser desmembrado e, consequentemente, faturado segundo fases que normalmente não se distinguem. E o que até então era uma carta na manga do chefão, mediante uma necessidade urgente de levantar dinheiro de qualquer jeito — o que mais tarde, com mais distância e ligando as pontas, eu compreendi perfeitamente —, tornou-se carta na mesa, jogada de mestre, sem blefes.

Não quero entrar em detalhes técnicos maçantes e inúteis, mas é só para dizer que, pela estruturação do orçamento, um aterro relativamente simples de ser feito poderia ser faturado — este faturamento representando uma boa parte do item "pavimentação" — sem que um só bloco de concreto fosse assentado. Quando o cliente percebeu que iria pagar quase que inteiramente o item mais pesado do orçamento com a obra ainda em fase quase que inicial, ele tratou de se proteger e exigiu que parâmetros de execução de aterros, dificilmente cumpridos na prática mas regulamentado por normas técnicas ultrapassadas, fossem verificados.

Por isso ele estava ali. O homem. Para atestar a qualidade dos aterros, ou melhor, para não atestá-la, para dizer que os índices de compactação não tinham sido alcançados, como não o são de fato em noventa por cento dos casos.

Era um tipo grande, corpulento, e ainda hoje sou capaz de lembrar de alguns traços de seu rosto bovino: os lábios pendentes e sempre úmidos, por exemplo, que davam a impressão de que a qualquer momento um fio de baba penderia daquele pedaço de carne flácida. Esforçava-se por ser simpático, e dentre as frivolidades que preenchiam os muitos espaços vazios das nossas conversas profissionais em torno do cafezinho no barraco do escritório ou durante as visitas ao canteiro, ele falava sempre em futebol e, pelo menos uma vez, falou de suas duas filhas de sete e nove anos e de quanto eram apegadas a ele.

Acho que naquela sexta-feira, naquelas poucas palavras que trocamos protegidos pelas pilhas de terra e de blocos de concreto, ele disse alguma coisa a respeito das filhas, não sei bem por que mas tenho essa vaga lembrança. A perturbação que sentia naquele momento impede que hoje eu me recorde com exatidão de como tudo se passou e de todas as palavras que nos dissemos. É provável até que não tenha dito nada, eu, como não raro me acontece em situações em que me sinto muito contrariado — o que acaba reforçando ainda mais minha contrariedade, e frustração, por não torná-la evidente ao meu interlocutor. É bem possível que eu tenha apenas tirado o envelope do bolso e lhe estendido sem olhá-lo na cara, no máximo com um quase inaudível "isso é pra ti".

Porque não havia necessidade de dizer nada. Tudo já havia sido dito entre ele e o velho lobo do mar, provavelmente num barzinho à beira do rio Uruguai, entre cervejas estupidamente geladas e peixe frito. Já tínhamos sido avisados, o sênior e eu, de que não precisávamos nos preocupar, que o parecer sobre a qualidade dos aterros e o consequente faturamento estavam garantidos. O velho lobo do mar, a raposa velha garantia, ele já conversara com o homem, já acertara tudo, já marcara seu ponto junto à direção, já "salvara" a obra, a empresa ia levantar a grana que precisava, era só lhe passar o envelope.

Ah! O velho lobo do mar. Ele já dera a sua cartada, já fizera a sua parte. Já pagara com folga o seu salário, o meu, o do sênior, o salário de todo mundo naquele raio de obra. E fora embora, voltara para Porto Alegre, descansara no sétimo dia, porque agora é com você, meu filho. Vai lá, vai ter que sujar as mãozinhas também. Você vai ver que não dói nada, que é só uma questão de se acostumar. Vai lá, meu rapaz, vai que está todo mundo esperando e a gente não tem o dia inteiro. Vai lá, filho da puta, vai perder o teu cabaço de uma vez, vai engolir a tua moralzinha de merda, você vai ver que ela nem é tão firme assim, que desce fácil fácil. Difícil é a vida, meu filho. Difícil é comer a bosta que essa turma come após se esfalfar um dia inteiro quebrando pedra. Difícil é depois de velho ainda ter que pegar um ônibus e fazer 600 quilômetros em uma noite para resolver pepino de obra quando já podia estar em casa de chinelos e brincando com meus netos. Você está recebendo tudo mastigadinho, meu filho. O velho aqui já fez tudinho pra você. O negócio já está acertado. O homem já foi conversado. É só lhe passar o envelope.

Era só lhe passar o envelope. E eu lhe passei o envelope.

Mas lembro muito bem que a minha vontade era de lhe dar um murro no nariz, sabendo ao mesmo tempo que era a mim próprio que eu gostaria de atingir. Eu não podia deixar de me ver espelhado na placidez, na apatia, na passividade, na miséria moral daquele infeliz que me estendia a mão para receber um envelope com dinheiro cuja quantia mal alcançava o que a empresa gastava por mês com nossas passagens de ônibus entre Uruguaiana e Porto Alegre. E também não podia deixar de reconhecer naquele ato de estender o envelope ao homem, ou na minha incapacidade para me negar a fazê-lo — uma incapacidade que eu via como total impossibilidade, fundada no medo tacanho de perder o emprego ou na minha covardia psicológica para desobedecer a autoridade ou, e isso resumia tudo, na minha postura infantil e omissa diante da vida que reclamava minha intervenção — pois eu não podia deixar de reconhecer no meu gesto de passar o envelope com dinheiro para o homem, o ar de canalha que acompanhava cada gesto do velho lobo do mar, o vício de seus métodos podres e até mesmo seu sorrizinho estudado de rato de praia que servia apenas para revelar de forma ainda mais evidente o pobre-coitado que ele era, mais um, mais uma peça na engrenagem. E também reconhecia ali, claro, a prepotência também covarde do chefão: era ele que estendia a grana para o outro, mas se servia de mim para fazê-lo. Humilhava-me, assim, para seu regozijo ou quem sabe pela impossibilidade de agir de outra maneira, e talvez me testasse, como já me testara outras vezes durante seus rompantes de patrão, daquele que paga a merda que você caga e que por isso se acha no direito de cagar na sua cabeça, talvez ele me testasse, como se eu fosse um elástico cujas pontas ele esticava para ver até onde eu poderia ir, para ver quando eu iria rebentar.

Acho que nunca mais voltei a Uruguaiana. Não viajei para Porto Alegre naquela noite, como fazia todas as sextas-feiras. Sábado de manhã fui passear em Paso de los Libres, no lado argentino, e almocei um bife de *chorizo y papas fritas*. Tomei o ônibus à noite. Amanheci em Porto Alegre, no domingo. E na segunda-feira pedi minha demissão. Acho que desde que ingressara na faculdade era meu primeiro não, e consegui vislumbrar nesse não o vestígio de uma força poderosa. De certa maneira eu sabia, ainda que na minha cabeça não estivesse claro nem decidido, que mais do que o emprego eu estava abandonando outra coisa. Não era uma desistência, ainda que um certo sentimento de fracasso tomasse conta do meu espírito. Não havia nada do que desistir. O que eu estava fazendo era deixar de ser omisso em relação a mim mesmo, estava começando a escrever o conto que um dia imaginei.

Projetar uma obra é muito diferente de realizá-la. Talvez tenha sido aí que pela primeira vez escrevi na minha cabeça essa frase que ainda hoje me martela. Entre o projeto e a realização há quase sempre um abismo que é preciso preencher do jeito que dá, da melhor maneira possível. De certa forma, realizar é dizer não ao projeto, é o não projeto.

Pensar um conto é muito diferente de escrevê-lo. Cantarolo mentalmente a letra de uma canção de Chico e me pergunto se o Brasil existe. O que é o Brasil? O Brasil por trás de todos os clichês de praxe, que têm o pé na verdade mas que continuam estáticos, congelados na preguiça mental que desafia os anos e capacidade de ir além: políticos corruptos, desigualdade social, má distribuição de renda, política do jeitinho, povinho preguiçoso, o Brasil não existe.

Um dia, bem mais tarde, eu pensei um conto que terminaria assim:

Foi Flaubert que disse: "O Brasil sou eu". O Brasil é você, meu caro leitor. O Brasil são eles. O Brasil existe. Não é obra de uma ficção. Não é obra de ficção.

O SAMBA DA MINHA TERRA   [Laerte]

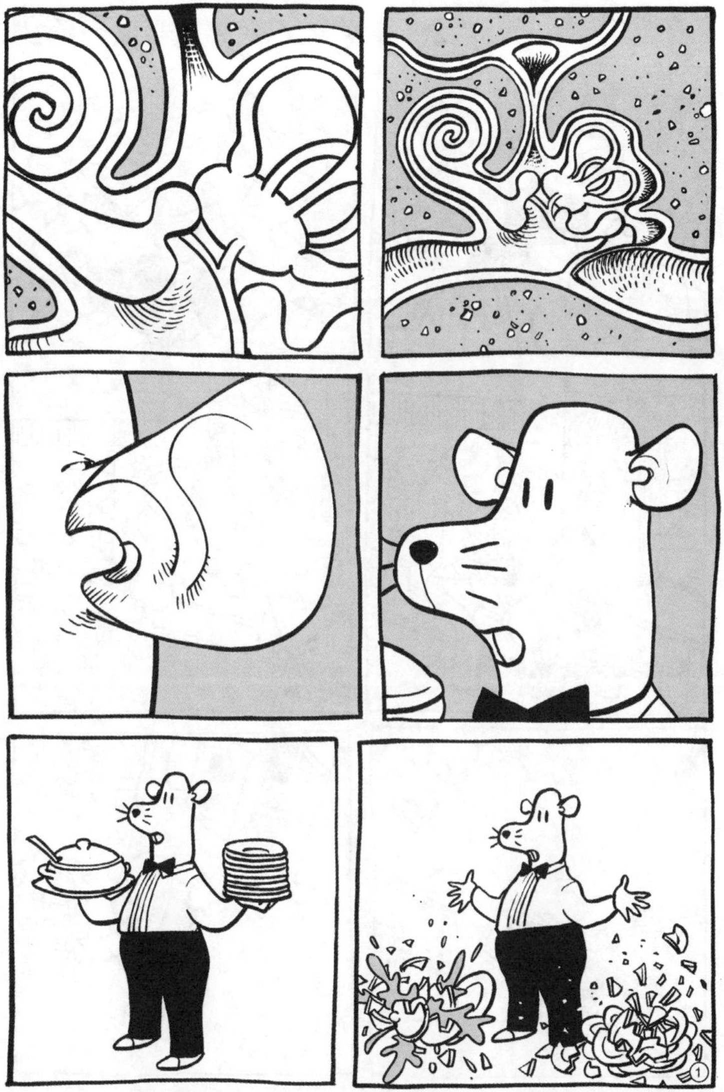
1

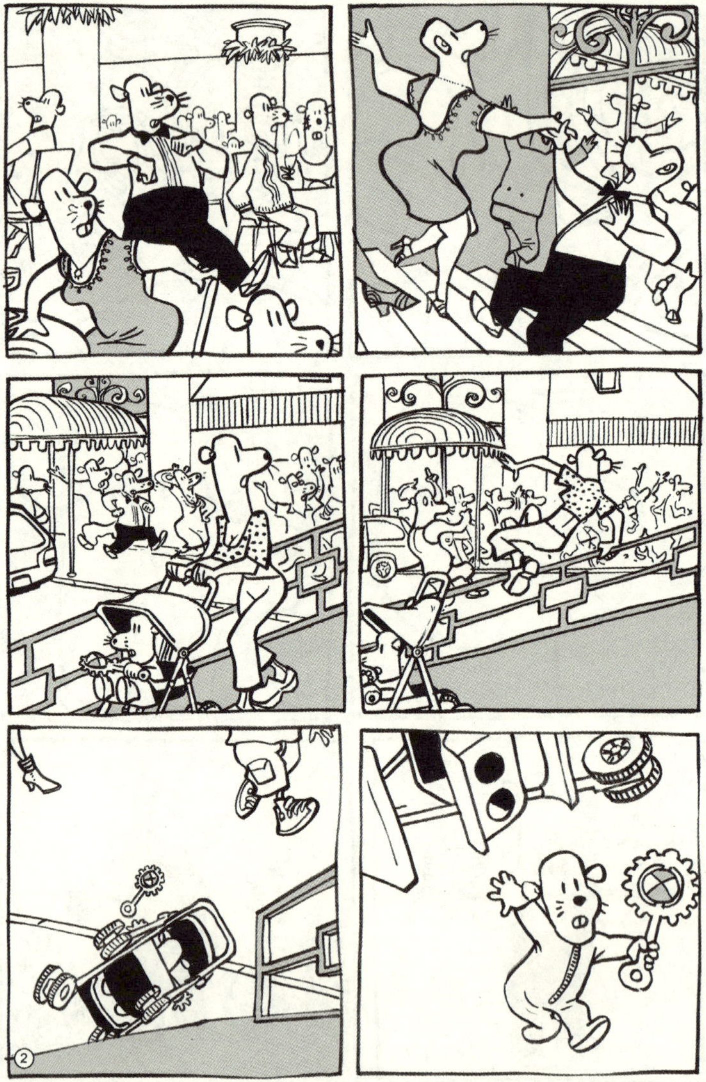

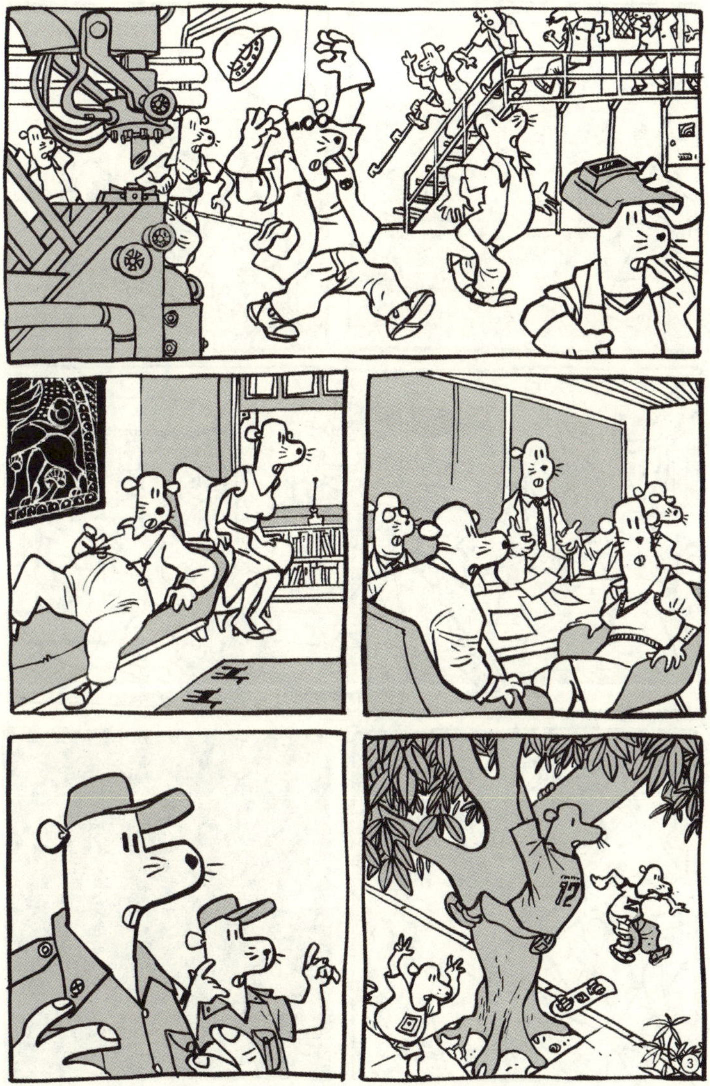

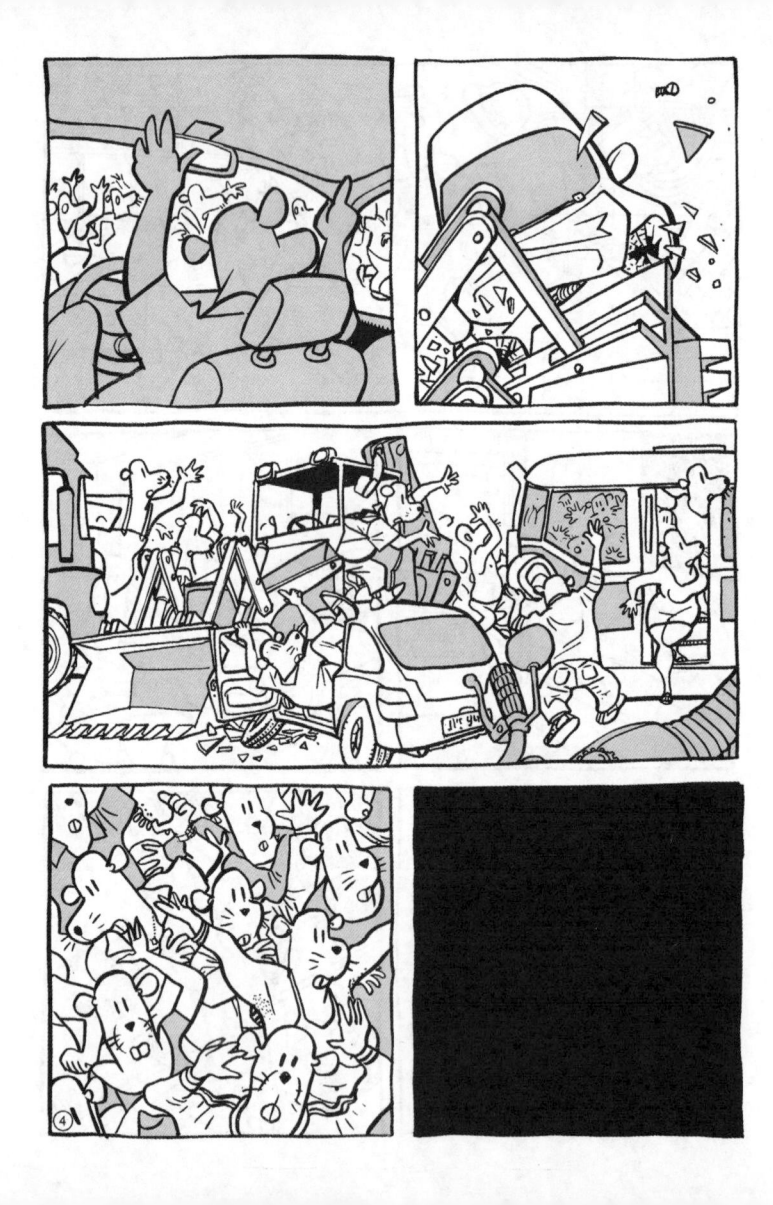

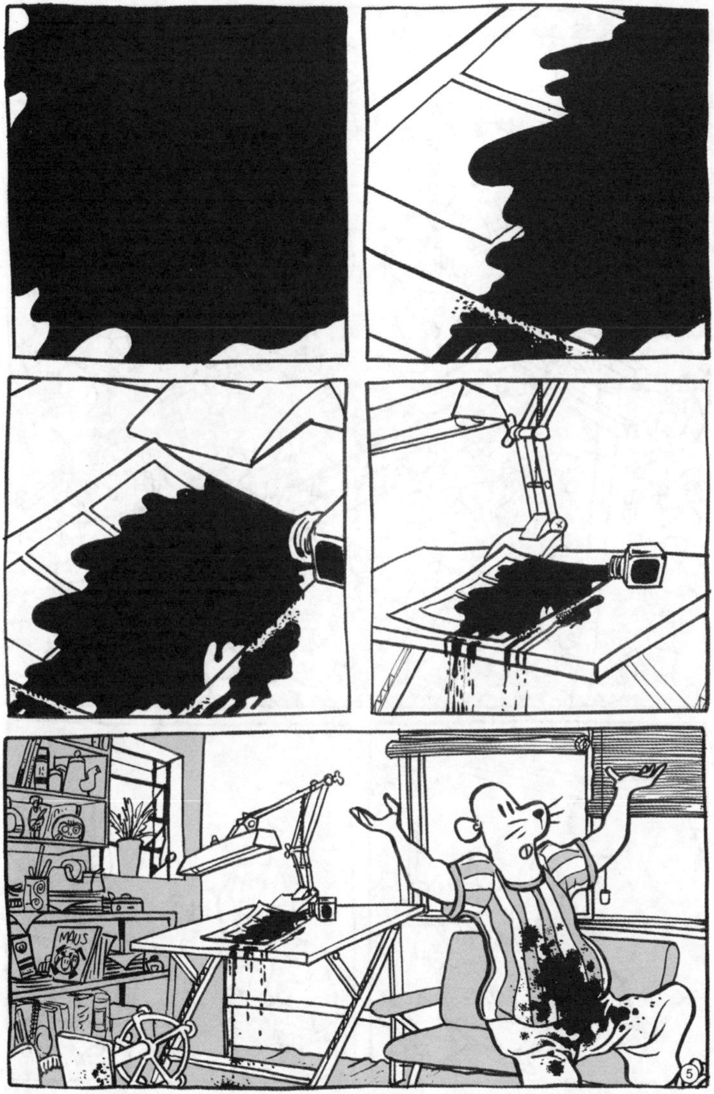
MAUS

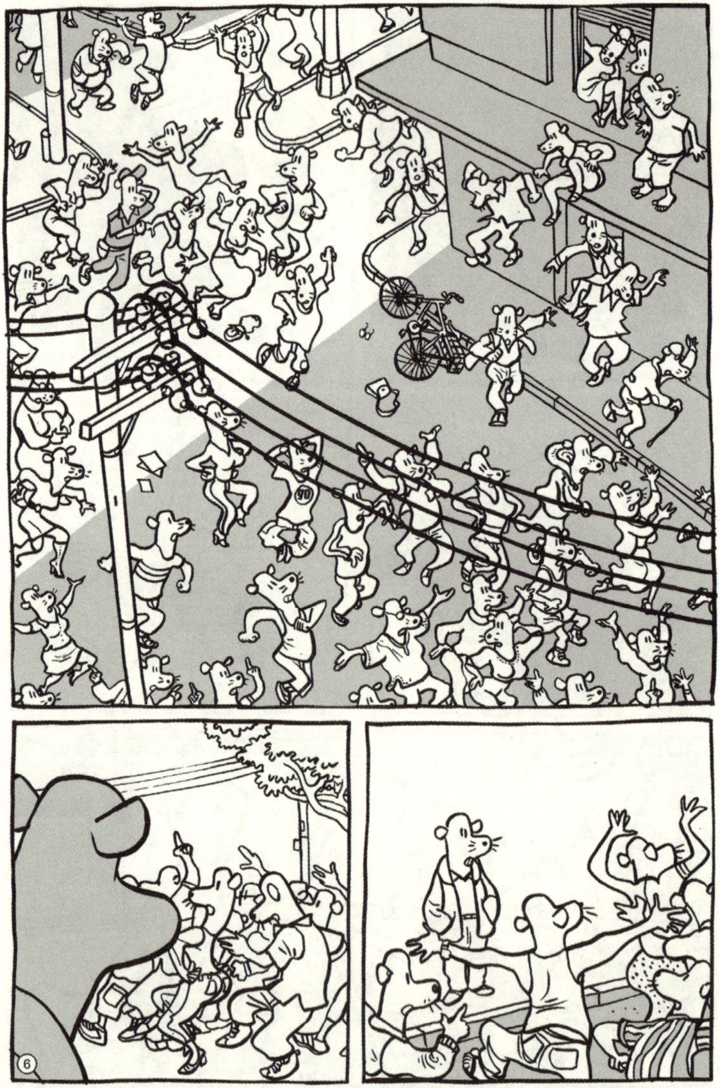

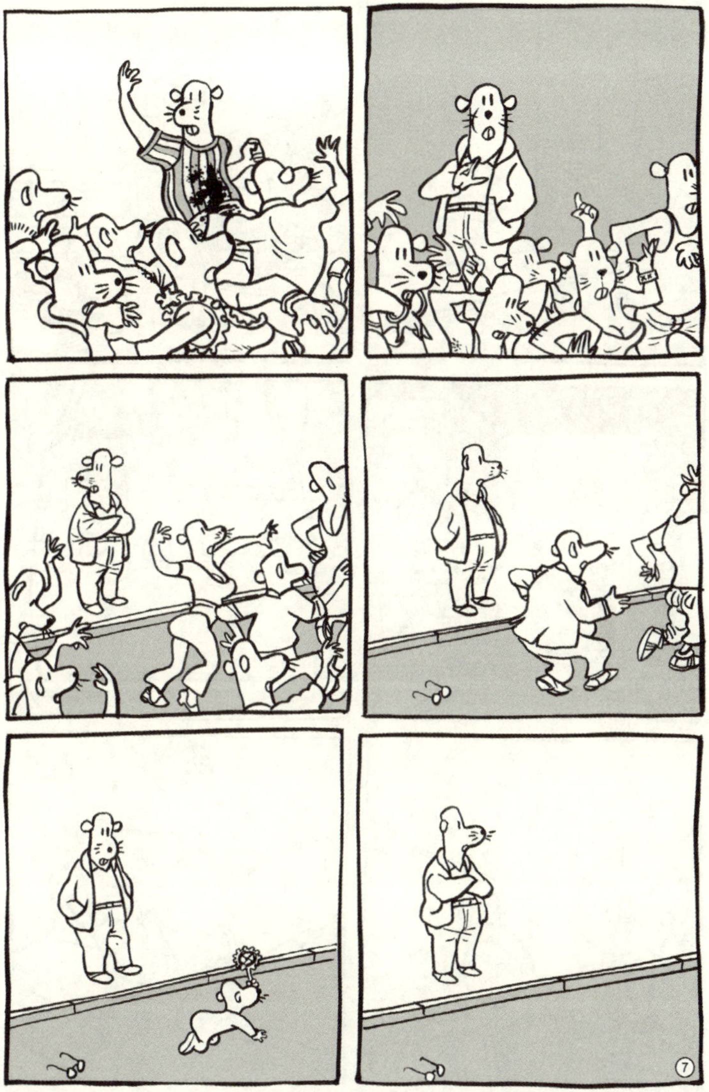

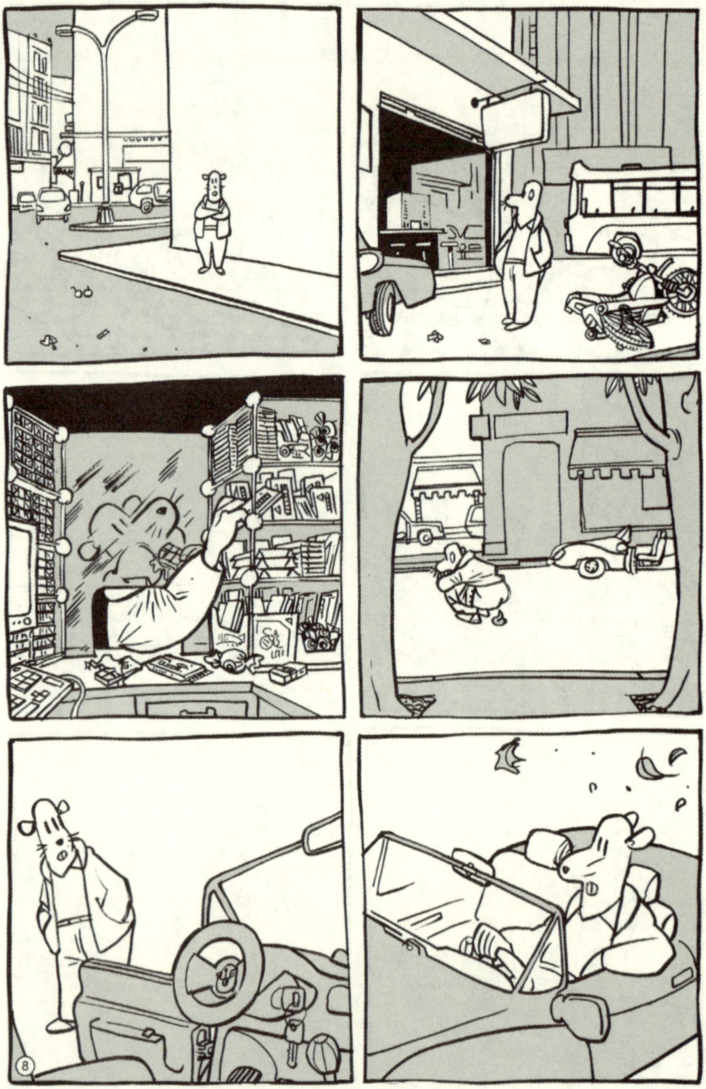

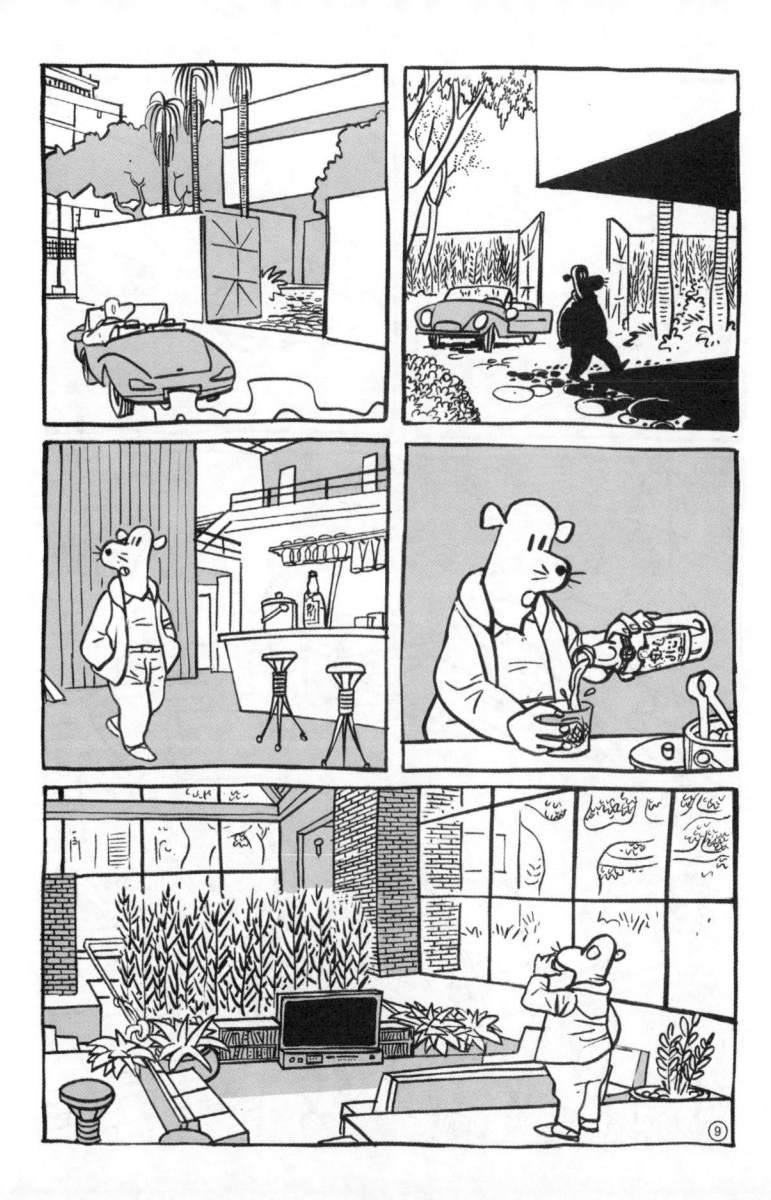

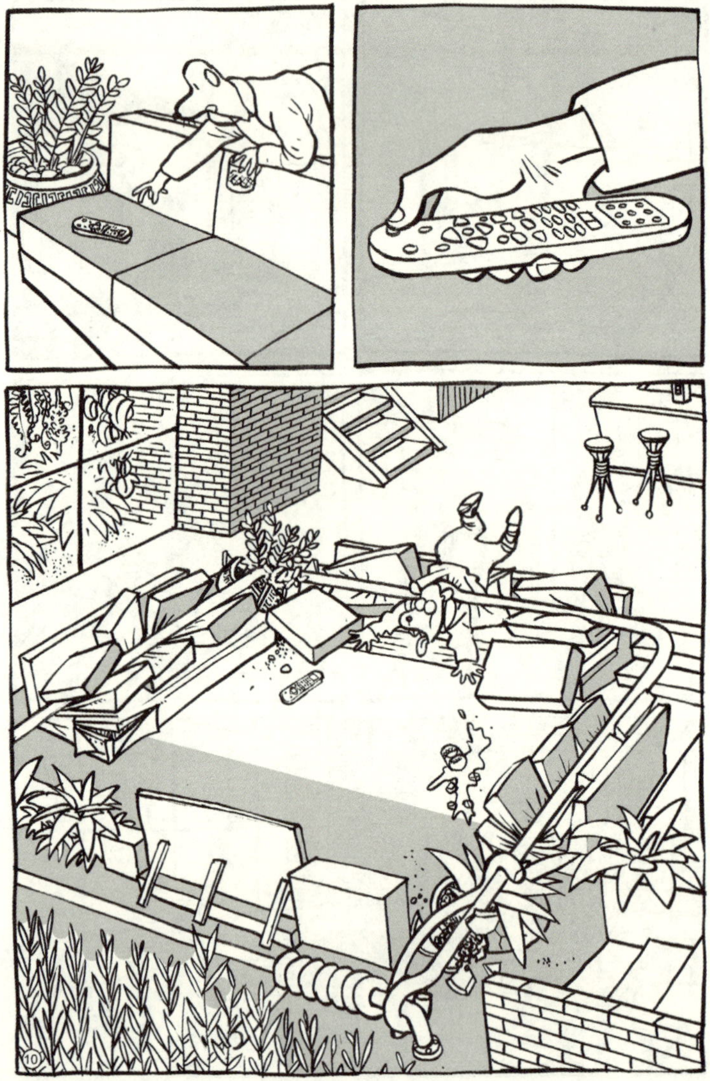

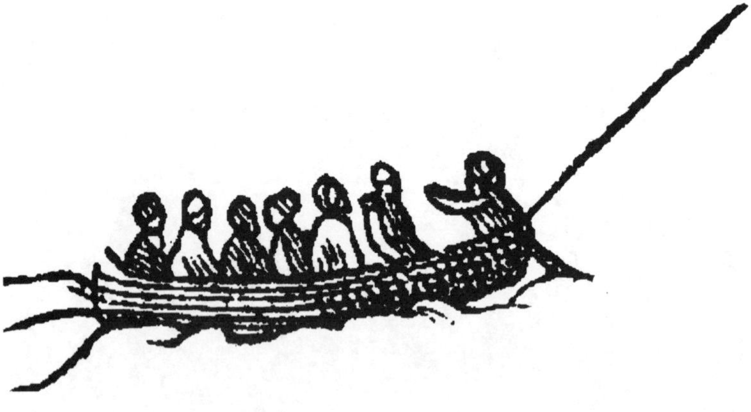

SOBRE OS AUTORES

Amilcar Bettega é escritor e tradutor, autor de *O Voo da Trapezista* (Movimento, 1994), *Deixe o Quarto Como Está* (Companhia das Letras, 2002) e *Os Lados do Círculo* (Companhia das Letras, 2004), livro vencedor do Prêmio Portugal Telecom em 2005. Gaúcho, vive em Paris.

André Mehmari é pianista, compositor, arranjador e multi-instrumentista. Apontado pela crítica como uma das grandes revelações da música brasileira, recebeu o Prêmio Visa de MPB, entre outros, tanto na área erudita quanto popular. Suas composições e arranjos já foram tocados por orquestras e grupos como a OSESP e o Quinteto Villa-Lobos. Entre outros discos, gravou *Canto* (Núcleo Contemporâneo, 2002), *Lachrimae* (Cavi, 2003) e, com Ná Ozzetti, *Piano e Voz* (MCD, 2005). Nascido em Niterói, cresceu em Ribeirão Preto e mora em São Paulo.

Cecilia Giannetti é escritora, autora de *Lugares Que Não Conheço, Pessoas Que Nunca Vi* (romance, Ediouro/Agir, 2007). Colunista da *Folha de S.Paulo*, tem contos publicados em antologias da Ediouro, Record, Casa da Palavra e, na Itália, pela editora La Nuova Frontiera. É carioca e vive no Rio de Janeiro.

Gero Camilo é escritor, ator, cantor, compositor e diretor. Autor do livro *A Macaúba da Terra* (2002), que contém vários textos teatrais, como *As Bastianas, Entreatos, Cleide, Eló e as Peras*, é autor também da peça *Aldeotas*, que vem sendo encenada desde 2004. Lançou o seu primeiro CD, *Canções de Invento*, em 2008, em que compôs grande parte das letras. Cearense, mora em São Paulo.

Guilherme Wisnik é arquiteto e crítico. Publicou os livros *Lucio Costa* (Cosac Naify, 2001), *Caetano Veloso* (série "Folha Explica", Publifolha, 2005) e *Estado Crítico* (Publifolha, 2009). Organizou o volume 45 da revista *2G* (2008), sobre a obra recente de Paulo Mendes da Rocha, e tem ensaios incluídos em livros como *Arquitetura Moderna Brasileira*

(Phaidon, 2004) e *Marcos Acayaba* (Cosac Naify, 2007). É colaborador do jornal *Folha de S.Paulo* e curador do projeto de arte pública Margem, pelo Itaú Cultural. Nasceu e mora em São Paulo.

José Roberto Torero tem cerca de vinte livros publicados, entre eles *O Chalaça* (Objetiva, 1994) e *Pequenos Amores* (Objetiva, 2003), ambos vencedores do prêmio Jabuti. Em cinema dirigiu o longa-metragem *Como Fazer um Filme de Amor* (2004). Sua ideia de fazer este conto veio da mistura de "Aquarela Brasileira" com uma charge do cartunista Angeli, publicada na *Folha de S.Paulo*. Vive em Santos.

Laerte é cartunista da *Folha de S.Paulo* desde 1991; colabora também com vários outros veículos. Publicou, entre outros livros, *Classificados* (3 vols., Devir, 2001-2004), *Deus Segundo Laerte* (Olho D'Água, 2002), *Overman* (Devir, 2003) e *Gatos — Bigodes ao Léu* (Devir, 2004). Criou, com Angeli e Glauco, a série *Los 3 Amigos*; fez textos para a tevê (*TV Pirata*, *TV Colosso*, *Sai de Baixo*), cinema (*Super Colosso*) e teatro (*Piratas do Tietê — o Filme*). Nasceu e cresceu — "até 1.69m" — em São Paulo, onde mora.

Siba é poeta, músico e compositor. Fez parte do grupo Mestre Ambrósio, tocou e cantou com um monte de gente que admira. Hoje desenvolve trabalho autoral em parceria com músicos da Zona da Mata pernambucana e está sempre preparando alguma coisa nova. Mesmo assim, tem sérias dúvidas de que isso tudo existe mesmo.

Vadim Valentinovitch Nikitin é diretor de teatro, dramaturgo, tradutor e letrista bissexto. Nasceu em Moscou, mas vive em São Paulo desde menino. Traduziu, entre outros autores, Tennessee Williams, Shakespeare e Dostoiévski. Foi um dos responsáveis pela curadoria da exposição *Machado de Assis, Mas Este Capítulo Não É Sério* (Museu da Língua Portuguesa, 2008). Dedica-se agora a um projeto teatral sobre Dostoiévski, do qual faz parte "O Grande Inquisidor".

CRÉDITO DAS IMAGENS

Capa
Theodore de Bry
Preparo da Carne Humana
em Episódio Canibal [detalhe]
Gravura em cobre
Ilustração do relato das viagens de Hans
Staden ao Brasil, traduzido por Adam
Lonicer e editado por de Bry para
ilustrar America Pars I, 3º volume de
Grands Voyages, Frankfurt, 1592, p. 179
Biblioteca Municipal Mário de Andrade,
São Paulo, SP

pp. 1, 184 e CD
Frei André Thevet
Poisson Volant Veu Par L'autheur (Peixe
Voador Visto Pelo Autor) [detalhe]
Xilogravura, 13,5 x 15,4 cm
Ilustração do livro *La Cosmographie
Universelle d'André Thevet*, Cosmographie
du Roy, Paris, Guillaume Chaudiere,
1575, vol. 2, p. 976 (verso)
Biblioteca Municipal Mário de Andrade,
São Paulo, SP

pp. 2 e 3
Padre Diogo Soares
Carta 5ª da Costa do Brasil ao
Meridiano do Rio de Janeyro dezde a
Barra de Ibepetuba athe a Ponta de
Guarupaba an Enseada de Syri [detalhe]
Aquarela sobre papel, 19,0 x 32,5 cm
Arquivo Histórico Ultramarino, Lisboa,
Portugal

pp. 4 e 5
Froger
St. Sebatien Ville Episcopale
du Bresil [detalhe]
Riviere de Janeyro

Gravura
Ilustração do livro de Froger: *Relation d'un Voyage fait en 1695 & 1697, aux cotes d'Afrique, détroit de Magellan, Brezil, Cayenne & Isles Antilles*, Paris, Michel Brunet, 1698
Coleção José Mindlin, São Paulo, SP

p.6
Theodore de Bry
Wie die in Virginia Auff Ihren Hosen Festen zu Tanken Pflegen [detalhe]
Gravura em cobre, editada por de Bry para ilustrar America Pars I, primeiro volume de *Grands Voyages*, Frankfurt, 1590, edição fac-similar de 1970
Biblioteca do Instituto de Estudos Brasileiros da USP, São Paulo, SP

pp. 20 e 38
Frei André Thevet
Haut, Beste Qui Vit de Vent (Fera que Vive de Vento) [detalhe]
Xilogravura, 13,4 x 15,6 cm
Ilustração do livro *La Cosmographie Universelle...*, Paris, Guillaume Chaudiere, 1575, vol. 2, p. 941
Biblioteca Municipal Mário de Andrade, São Paulo, SP

p.64
Anônimo
Dois Chefes Tupinambás com os Corpos Adornados por Plumas [detalhe]
Xilogravura, 18,0 x 14,0 cm
Ilustração do livro de Hans Staden que relata suas duas viagens ao Brasil: *Warhaftige Historia vnd beschreibung eyner Landtschafft der Wilden, Nacketen, Grimmigen Menschfresser Leuthen, in der Newenwelt America ...*, 1ª edição de Marburg, Andres Colben, 1557
Coleção José Mindlin, São Paulo, SP

p.110
Frei André Thevet
De L'arbre Choine (Árvore Choine) [detalhe]

Xilogravura
Ilustração do livro *La Cosmographie Universelle...*, Paris, Guillaume Chaudiere, 1575, vol. 2, p. 953
Biblioteca Municipal Mário de Andrade, São Paulo, SP

p.124
Anônimo
Zenit Nostro e Zenite di Queli (Zênite Nosso e Zênite Deles)
Ilustração da Lettera, Carta de Amerigo Vespucci a Pietro Soderini, traduzida e editada por Giovanni Battista Ramusio no Primo Volume & Terza editione delle navigationi e viaggi..., Veneza, Stamperia de Giunti, 1563, p. 132E
Xilogravura, 10,0 x 11,3 cm
Biblioteca do Instituto de Estudos Brasileiros da USP (coleção Yan de Almeida Prado), São Paulo, SP

p.145
Foto de Guilherme Wisnik

p.146
Froger
St. Salvador Ville Capitale du Bresil [detalhe]
Gravura
Ilustração do livro de Froger: *Relation d'un Voyage fait en 1695 & 1697, aux cotes d'Afrique, détroit de Magellan, Brezil, Cayenne & Isles Antilles*, Paris, Michel Brunet, 1698
Coleção José Mindlin, São Paulo, SP

p.192
Frei André Thevet
Nana, Fruit Très Savoureux (Ananás, Fruta Muito Saborosa)
Xilogravura, 17,0 x 15,0 cm
Ilustração do livro *La Cosmographie Universelle...*, Paris, Guillaume Chaudiere, 1575, vol. 2, p. 936
Biblioteca Municipal Mário de Andrade, São Paulo, SP

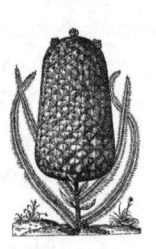

Este livro foi composto na fonte Bembo e impresso em julho
de 2010 pela Cromosete sobre papel chamois fine dunas 80 g/m².